게르트루트

일러두기

- 이 책은 Hermann Hesse의 프랑스어 판 『*Gertrude*』(Edwige Friedlanger 역)와 영역판 『*Gertrud*』 (Internet Archive, Hilda Rosner)를 참조했습니다.

게르트루트

헤르만 헤세 **지음**

헤르만 헤세

1906년『수레바퀴 아래서』와 1910년 『게르트루트』를 발표해 소설가로서의 명성을 얻었다. 이후 제1차
세계대전이 일어나기까지 시와 소설들을 계속 발표했으며, 1919년 그에게 불후의 명성을 안겨준 『데미
안』을 발표했다. 마치 나치즘에 맞서듯 유토피아 이야기인 『유리알 유희』로 노벨 문학상을 수상했다.

스위스의 헤르만 헤세 박물관

헤르만 헤세가 1919년부터 1931년까지 13년 동안 머물렀던 스위스의 집을 일부 개조한 박물관이다. 그의 탄생 120주년에 맞추어 개관했으며, 헤세의 사진들과 유품들을 볼 수 있다.

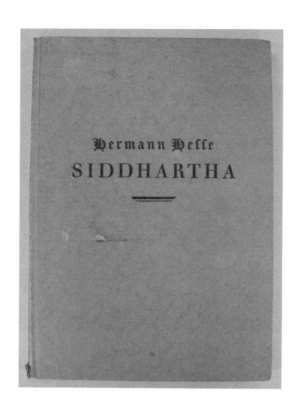

『싯다르타』 초판본

헤르만 헤세가 1922년에 발표한 장편소설 『싯다르타』의 초판본이다.

그는 1899년 첫 시집 『낭만적인 노래』를 자비 출판하고 이어서 두 번째 시집 『자정 이후의 한 시간』을 출간했다. 이후 소설 창작으로 방향을 전환한 그는 1906년 『수레바퀴 아래서』, 1910년 『게르트루트』를 발표하여 소설가로서의 명성을 얻었다. 이후 제1차 세계대전이 일어나기까지 시와 소설들을 계속 발표했으며 1919년 그에게 불후의 명성을 안겨준 『데미안』을 발표했고, 『싯다르타』 『황야의 늑대』 『나르치스와 골드문트』 등 중요 작품들을 발표했다.

게르트루트 **차례**

제1장 · 008

제2장 · 014

제3장 · 045

제4장 · 083

제5장 · 121

제6장 · 156

제7장 · 185

제8장 · 208

제9장 · 238

『게르트루트』를 찾아서 · 242

제1장

내 삶을 객관적으로 바라보았을 때 특별히 행복했던 것 같지는 않다. 그렇다고, 비록 내가 살면서 많은 잘못을 저지르기는 했지만 내 삶이 불행하다고 할 수는 없다. 결국 내 삶에 대해 행복이니 불행이니 따지는 것은 정말 어리석은 짓이다. 내 생애 가장 불행했던 날들이라 할지라도 그날들을 행복했던 날들과 바꾸고 싶지 않기 때문이다.

인간 삶의 정수(精髓)가, 살면서 벌어지는 불가피한 일들을 침착하게 받아들이면서 좋은 일과 나쁜 일들을 흠뻑 맛본 뒤에, 자신의 외면적인 삶 곁에 보다 실제적인 내면적 삶, 우연으로 이루어지지 않은 그런 내면적 삶을 구축하는 데 있다면 내 삶은 그다지 공허하거나 비참하지는 않다. 나의 외면적인 삶이

다른 모든 이들이 그렇듯 신의 뜻에 의해 되는 대로 이끌려 왔다 할지라도 나의 내면의 삶은 달든 쓰든 간에 내가 스스로 만든 것이며, 그에 대한 책임은 오로지 내게 있다.

젊은 시절, 나는 시인이 되기를 꿈꾸곤 했다. 내가 그 꿈대로 되었다면 나는 아무런 저항도 느끼지 않은 채 나의 유년 시절의 그 흐릿한 그림자까지, 저 깊은 곳에 간직되어 있는 나의 오랜 기억의 샘까지 내려가 보려는 유혹에 나를 맡겼을 것이다. 하지만 그 기억들은 내게 너무나 소중하고 신성한 보물들이어서 어떤 식으로건 그것들을 훼손할 수 없다. 다만 나는 내 유년기에 대해 그것이 아름답고 즐거웠다고만 말할 수 있을 뿐이다.

내게는 내가 좋아하는 것을 스스로 찾을 자유가, 나의 내적인 기쁨과 슬픔을 스스로 창조해낼 자유가 있었으며 나의 미래가 그 무언가 알지 못할 힘에 의해서 좌지우지되는 것이 아니라 오로지 나 스스로의 힘에 달린 것으로 여길 수 있는 자유가 있었다. 따라서 나는 별로 재능이 없는 조용한 학생으로서 별로 주목받지 않은 채 여러 학교들을 다닐 수 있었으며 결국 그 어느 것에도 큰 영향을 받지 않는 아이 대접을 받으며 고독하게 지낼 수 있었다.

내가 예닐곱 살 되었을 때, 나는 눈에 보이지 않는 모든 힘들

중에서 스스로 음악에 가장 강하게 끌리고 사로잡힌다는 것을 알게 되었다. 그때부터 나는 나만의 세계, 나만의 성소, 나만의 천국을 갖게 되었다. 그 누구도 그것을 내게서 빼앗아길 수 없었고 그 세계를 축소시킬 수도 없었으며 나 또한 그 세계를 그 누구와도 나누고 싶지 않았다. 열두 살이 될 때까지 악기 연주를 배운 적이 없고, 나중에 음악을 직업으로 삼겠다는 생각을 하고 있지 않았음에도 불구하고 나는 당시에 이미 음악가였다.

이후 기본적인 변화라고는 없이 그런 상태가 지속되었으며 바로 그 때문에 내 삶을 되돌아볼 때 내 삶이 다채롭지도 않고 다양하지도 않았으며 오로지 하나의 음으로 조율된 채 단 하나의 별만 지향하고 있었던 것처럼 보이게 되었다. 내게 좋은 일이 생기건 궂은 일이 생기건 나의 내면적 삶은 전혀 변하지 않았다. 나는 오랜 기간 동안 악보나 악기는 손에 대지도 않은 채 낯선 바다를 항해하고 있었는지도 모른다. 하지만 언제 어느 곳에서건 내 혈관과 입술에는 멜로디가 흐르고 있었고 내 숨결과 내 생명에는 박자와 리듬이 있었다. 내가 제아무리 다양한 방법을 통해 구원과 망각과 해방을 추구하더라도, 내가 제아무리 열렬하게 하느님과 이해와 평화를 갈구하더라도, 나는 그것들을 오로지 음악 속에서만 찾을 수 있었다. 그것이 굳이 베토벤이나 바흐일 필요는 없었다. 이 세상에 음악이 존재한다는 사실, 한 인간이 멜로디에 의해 깊은 감동을 받을 수 있고 하모니에 촉촉이 젖을 수 있다는 사실이 언제나 내게 깊은 위안을 주었고 삶을 긍정하게 해주었다.

오, 음악이여! 한 가닥 멜로디가 네 마음에 떠오른다. 너는 소리 없이 속으로 그 멜로디를 흥얼거린다. 너의 전 존재가 그 멜로디에 흠뻑 젖어들고, 그 멜로디가 너의 모든 힘과 감정을 사로잡는다. 그 멜로디가 네 안에 살아 있는 동안 그것은 네 안에 들어 있는 모든 사악한 것, 야비한 것, 슬픈 것들을 지워버린다. 그것은 너와 세계를 서로 조응하게 만들고 무거운 실존의 짐을 가볍게 해주며 마비되었던 것을 비상하게 해준다. 단한 곡의 대중가요 멜로디도 그 모든 힘을 지니고 있나니 하물며 그 멜로디들이 모여서 이루고 있는 하모니는 어떻겠는가! 예컨대 종소리처럼 순수한 조화를 이루고 있는 음들의 상쾌한 하모니만으로도 우리의 영혼은 매혹과 환희에 가득 차게 되며 그 소리가 울리면 울릴수록 그 감정은 더욱 고조된다. 하모니는 때로는 우리의 마음을 환희로 채워 그 어떤 감각적 쾌락도 줄 수 없는 지고의 행복감으로 우리의 마음이 떨게 만드는 것이다.

제1장

11

수많은 사람들과 시인들이 꿈꾸어 왔던 순수한 행복에 대한 개념 중에서 내게는 천체 운행의 하모니에 귀를 기울일 때 느끼는 행복이 가장 고결하고 심오한 것처럼 보인다. 나의 가장 소중하고 내밀한 꿈은 바로 그 하모니를 엿듣는 것이었다. 내 심장이 뛰는 동안에 우주의 소리를 듣는 것, 살아 있는 모든 것들이 이루고 있는 그 신비스럽고 내밀한 하모니를 엿듣는 것!

아, 삶은 어찌 그다지도 혼란스럽고 부조화하며 그릇됐단 말인가! 아주 짧은 노래 한 곡, 아주 짧은 한 소절의 음악을 듣기만 해도 그 순수함 속에, 그 하모니 속에, 그 맑은 음들이 연출해 내는 그 친근함 속에 천국의 문을 여는 열쇠가 있음을 알면서도 어찌 거짓과 사악함과 질시와 증오가 인간들 사이에 판을 치고 있단 말인가! 오, 하지만, 나 자신이 제아무리 선한 의지를 지니고 있었다 한들 내 삶으로부터 그 어떤 노래 한 곡도, 그 어떤 음악 한 곡도 만들어내지 못했으니 어찌 사람들을 탓하고 그들에 대해 노여워할 수 있겠는가! 물론 나는 내 안에서 그 자체 순수하며 행복하고 신성한 음을 향한, 그 음이 전해주는 울림을 향한 갈증이 강하게 나를 이끌고 있음을 느낀다. 그러나 나의 삶 자체가 불운과 부조화로 가득 차 있어서 그 어느 쪽으로 몸을 돌려도, 그 어느 쪽을 두드려도 순수하고 맑은 소리는 들려오지 않는다.

하지만 이제 이런 소리는 그만하고 이야기를 시작하기로 하자. 도대체 내가 누구를 향해 이 글을 쓰고 있는 것인지, 도대체 누가 나로 하여금 고독에서 벗어나 이런 고백을 하게 만들 만한 힘을 지니고 있는 것인지 곰곰 생각해보면 내가 사랑했던 한 여인의 이름을 떠올릴 수밖에 없다. 그녀는 내게 내 삶과 운명에서 큰 몫을 차지하고 있을 뿐 아니라 하나의 별처럼, 그리고 내 삶 전체의 드높은 상징처럼 빛을 발하고 있다.

제1장

제2장

　학창 시절이 끝날 무렵 모든 교우들이 장래 갖게 될 직업에 대해 이야기를 하기 시작할 때쯤 되어서야 나도 그에 대해 생각하기 시작했다. 나는 음악을 직업이나 생업으로 삼겠다는 생각을 해본 적은 없었다. 하지만 음악 외에 나를 즐겁게 해줄 다른 일은 생각할 수 없었다. 나는 아버지가 권하시는 상업이나 여타 다른 직업에 대해 특별한 반감을 갖고 있지는 않았다. 다만 그것들에 대해 무관심할 뿐이었다. 아마 나의 동료들이 자기가 택한 직업에 대해 대단한 자부심을 느끼고들 있었기에 지금 온통 나를 사로잡고 있으며 내게 유일하게 기쁨을 주는 길을 택하는 것이 올바른 일이라는 생각이 내게 들었을 것이다. 내가 열두 살 때부터 바이올린을 배우기 시작했고 훌륭한 선생

밑에서 꽤 좋은 평가를 받고 있는 것이 좋은 구실이 될 수 있었다. 기업가인 아버지는 외동아들이 예술가라는 불확실한 길을 택하려는 데 대해 반대했고 아버지의 반대가 거세지면 거세질수록 내 의지는 더욱더 굳어졌다. 나를 좋아하던 바이올린 선생이 나를 한껏 옹호해주었고 결국 아버지가 양보했다. 하지만 아버지는 내 인내력을 시험도 해볼 겸, 은근히 내 마음이 바뀌기를 기대하며 내게 1년간 더 학교에 다니라고 요구했다. 나는 그 1년을 그럭저럭 견뎠으며 그동안에 음악을 직업으로 삼고 싶다는 내 욕망은 더 커졌다.

그런 식으로 학교를 1년 더 다니는 동안에 나는 평소에 친구들과 함께 어울려 다니던 한 아름다운 소녀를 사랑하게 되었다. 그녀와 자주 만나는 것도 아니었고 그녀를 간절히 갈망하는 것도 아니었지만 나는 첫사랑의 달콤함을 맛보았고 마치 꿈속에서인 양 희미하게 첫 사랑의 고통을 겪었다. 내가 음악과 사랑하는 여자에 대한 생각으로 흥분해서 잠을 제대로 이루지 못하던 그 시절 나는 처음으로 내게 떠오른 멜로디를 포착해서 악보지에 적었다. 두 곡의 짧은 소나타였으며 비록 부끄럽긴 했지만 나는 더할 나위 없이 기뻤으며 그 덕분에 유치한 사랑의 고통을 거의 잊을 수 있었다. 그사이 나는 내가 사랑하는 소녀가 성악 교습을 받고 있다는 사실을 알고 그녀의 노래가 너무 듣고 싶었다. 몇 달이 지나 우리 집에서 모임이 있었을 때 나는 소원을 이룰 수 있었다. 노래를 불러보라는 사람들의 성화에 소녀는 처음에는 완강히 거절했지만 결국 앞에 나설 수밖에 없었다. 하지만 그녀의 노래 솜씨는 애처로울 정도로 형편없었다. 그녀가 노래를 부르는 동안 나의 실망감과 고통은 동정으로 바뀌었고 이어서 유머로 바뀌었다. 그날로 나는 그녀를 향한 사랑에서 벗어났다.

나는 끈기가 있는 학생이었으며 그다지 게으른 편이라고 할수는 없었지만 모범생은 아니었다. 더구나 마지막 1년 동안은 거의 노력조차 하지 않았다. 나태해서도 아니었고 뭔가에 심취해 있기 때문도 아니었다. 다만 젊은이다운 몽상과 무관심 때문이었다. 그렇게 감각과 지능이 무뎌진 상태에서 지내다가 가끔씩 갑자기 창작욕이 마치 에테르처럼 나를 휩싸는 순간이 찾아오기도 했다. 그럴 때면 나는 마치 수정처럼 티 없이 맑은 공기에 둘러싸여 있는 것처럼 느꼈고 더 이상 꿈을 꿀 수도, 멍하니 있을 수도 없었으며, 내 모든 감각이 온통 날카롭게 경계 태세를 취하고 있는 것 같았다. 물론 소출은 적었다. 열 개 정도의 멜로디와 하모니의 첫 시작 몇 소절 정도였을 뿐이다. 하지만 거의 차갑게 느껴질 정도로 날카로운 그 분위기, 하나의 멜로디에 정확한 감정과 해석을 주기 위해 극도로 긴장했던 나의 모습을 나는 결코 잊을 수 없을 것이다. 물론 나는 그 보잘것없는 결과에 만족하지도 않았고 그 결과물들이 대단한 가치가 있는 것처럼 여기지도 않았다. 하지만 내 삶에서 그렇게 명료하고 창조적인 순간이 다시 찾아오는 것만큼 바람직하고 중요한 일은 없다는 것만은 분명하게 의식하고 있었다.

그렇게 내 의식과 감각이 온통 날이 선 때와는 정반대로 온통 몽상에 푹 잠기는 때도 있었다. 즉흥적으로 바이올린을 연주하며 일시적으로 떠오른 영감에 도취되는 순간이었다. 하지만 나는 곧 그 순간은 창의성과는 거리가 먼 순간이라는 것, 그 순간의 도취란 유희와 감정의 분출에 불과하다는 것, 그것은 내가 경계해야 하는 것임을 알게 되었다. 동시에 나는 몽상 속에서 도취의 시간을 경험하는 것과 마치 악령과 싸움이라도 벌이듯 예술적 형식의 비밀과 단호하고 격렬한 싸움을 벌이는 것은 전혀 다른 일이라는 것도 깨달았다. 그리고 진정한 창조란 사람을 고독하게 만든다는 것, 삶의 온갖 즐거움에서 벗어나야만 하는 희생을 요구한다는 것도 부분적으로 깨달았다.

드디어 나는 자유롭게 되었다. 고등학교 학창 시절을 마감하게 된 것이다. 나는 부모와 작별하고 수도(首都)에 있는 예술전문대학에서 새로운 생활을 시작했다. 대학에 입학하면서 나는 기대가 컸으며 모범적인 학생이 되리라고 확신하고 있었다. 하지만 실상은 전혀 그렇지 않았다. 필수 과목인 피아노 수업은 힘들기 짝이 없었으며 모든 수업이 오르기 힘든 산처럼 앞을 가로막고 있었다. 단념할 생각은 없었지만 나는 환멸을 느끼는 한편 당혹스러웠다. 나는 겉으로는 겸손한 척했지만 실제로는 자신을 무슨 천재인 양 착각하고 있었으며 예술의 길에 뒤따르기 마련인 온갖 장애와 어려움을 과소평가하고 있었음을 알게 되었던 것이다. 게다가 작곡에 대한 열의도 눈에 띄게 식어버렸다. 아주 사소한 과제마저 난관과 규칙들이 산처럼 내 앞을 가로막고 있는 것처럼 여겨졌다. 나는 내 감수성을 신뢰할 수 없게 되었으며 도대체 내게 재능이 있는지 없는지조차 판단하기 어려울 지경이었다.

나는 체념했으며 기가 꺾였고 우울해졌다. 나는 사무실이나 다른 학교들에서처럼 부지런히 지냈지만 아무런 즐거움도 없었다. 불평을 할 수도 없었으며, 최소한 집으로 보내는 편지에서는 더욱 그러했다. 나는 속으로 환멸을 간직한 채 내가 택한 길을 묵묵히 걸어가는 수밖에 없었다. 나는 적어도 좋은 바이올리니스트는 되겠지, 하는 심정이었다. 나는 선생들의 따끔한 질책과 조롱을 견디며 열심히 연습하고 또 연습했다. 물론 목표는 아주 낮아져 있었다. 바이올린의 대가가 되겠다는 생각은 접은 채 부지런히 연습한다면 어디 조그마한 오케스트라에서 그저 그런 바이올리니스트가 되어 밥벌이 정도는 할 수 있게 되지 않을까 하는 것이 내 생각이었다.

결국, 내가 그토록 갈망했던 그 시절, 내게 모든 것을 약속했던 그 시절은 음악의 정령에게 버림받은 채 쓸쓸한 길을 홀로 걸었던 시절, 아무런 의미도 리듬도 없이 지내야 했던 시절이었다. 나는 기쁨과 빛과 아름다움을 열심히 추구했지만 내 앞에 놓인 것은 규칙과 의무와 장애와 위험뿐이었다. 어쩌다 착상이 떠오르더라도 그저 평범한 것이거나 예술의 규칙에 어긋나는 것뿐이었다. 나는 내가 지녔던 모든 위대한 희망에 안녕을 고했다. 나는 젊음의 패기와 대담성으로 예술의 길에 발을 들여놓았지만 자신의 능력이 그 열망을 따라주지 못하는 수많은 젊은이들 중의 하나였다.

이런 상태가 3년 동안 지속되었고 나는 어느새 스무 살을 넘겼다. 분명히 직업을 잘못 선택한 것이고 내가 시작한 길을 부끄러움과 의무감에서 걷고 있을 뿐이었다. 나는 음악에 대해서는

제2장

19

아무것도 모르는 채 단지 손가락 연습, 어려운 과제, 하모니의 모순율, 나의 모든 노력을 시간 낭비라고 여기고 조롱하는 것 같은 피아노 신생의 수업만을 반복해서 익히고 있을 뿐이었다.

지난날의 나의 이상이 내 마음속에 은밀하게 도사리고 있지 않았다면 나는 그 기간을 즐겁게 보낼 수도 있었을 것이다. 나는 자유로웠고 친구들이 있었다. 나는 젊고 미남이었으며 건강했고 부모님은 부자였다. 이따금 나는 이 모든 것을 즐겼다. 하루 종일 신나게 놀기도 했으며 가벼운 연애도 해보았고 술잔치를 벌이기도 했으며 여행을 다니기도 했다. 하지만 그것으로 젊은 날의 자신을 위로할 수는 없었다. 홀로 멍하니 있을 때면 창조적 예술이라는 추락한 별을 아련하게 그리고 있었고 환멸을 맛보았다.

그렇게 어리석은 내 청년 시절 중에서도 내가 가장 어리석었던 어느 날이었다. 나는 당시 유명한 H성악 선생의 여 제자 한 명의 뒤꽁무니를 쫓아다니고 있었다. 그녀도 나와 비슷한 처지에 놓여 있는 것 같았다. 그녀는 큰 희망을 품고 이 학교에 왔으나 엄한 선생 아래서 잔뜩 낙담한 채 결국 우리들 무리와 어울리게 되었다. 그녀는 우리들 모두를 그야말로 환장하게 만들었다. 그녀는 활기가 넘쳤으며 번쩍번쩍 빛나는 아름다움, 하지만 곧 시들어버릴 그런 아름다움을 간직하고 있었다.

그녀의 이름은 리디였다. 이 아름다운 여성은 나를 만날 때마다 순진하게 교태를 부리며 나를 사로잡았다. 나는 내내 그녀 생각만 할 정도로 그녀를 사랑한 것은 아니었으며 이따금 그녀를 완전히 잊고 지내기도 했다. 하지만 그녀의 모습을 보면 나는 다시 그녀에게 완전히 사로잡혔다. 그녀는 나를 특별히 대한 것이 아니었다. 그녀는 다른 사람들을 대할 때와 똑같이 나를 대했다. 그녀는 나를 유혹함으로써 자신의 힘을 과시하고 있었던 것이고 자신의 젊음이라는 관능적 호기심을 충족시키고 있었던 것이다. 파티에서 그녀를 만나고 돌아올 때마다 나 같은 사람은 그녀처럼 명랑하고 가벼운 여인을 사랑할 수는 없다고 스스로를 타이르고 꾸짖곤 했다. 하지만 그녀의 몸짓, 그녀의 속삭임에 완전히 사로잡혔던 날에는 그녀가 살고 있는 집 근처를 밤새 배회하기도 했다.

어느 겨울날 수업이 없던 우리는 교외로 소풍을 나갔다. 열명 미만의 젊은이들이었으며 그중에는 리디와 그녀의 여자 친구들도 있었다. 우리는 썰매를 갖고 가서 교외 구릉 지역에서 썰매 타기에 적절한 비탈을 찾았다. 나는 그날을 똑똑히 기억하고 있다. 매우 추운 날씨였다. 간간이 태양이 얼굴을 내밀긴

했지만 세찬 바람에 눈발이 날리고 있었다. 우리 일행은 점심 시간이 될 때까지 썰매도 타고 눈싸움도 하며 즐겁게 보냈다. 너무 신나게 놀고 허기가 진 우리는 마을로 가서 괜찮은 식당 으로 들어갔다. 우리는 거의 식당을 점령하다시피 하고 포도주 와 럼을 주문했다. 우리는 피아노를 독차지한 채 노래 부르고 소리를 질렀다. 작은 식당 안은 마치 축제를 맞은 듯 소란했으 며 모두 정신없이 들떠 있었다. 그렇게 모두 도취된 분위기에서 리디는 더없이 아름다웠다. 그녀의 눈이 마치 불꽃을 일으키는 것 같았으며 남자들이 반은 대담하게, 반은 주저하면서 보여주 는 애정 표현을 그대로 받아들였다. 나는 내내 리디 곁에 있었 으며 그녀는 기분이 좋아서인지 내게 아주 잘 대해주었다.

우리가 식당을 나와 집으로 향했을 때는 이른 오후였지만 벌 써 어둑어둑해지고 있었다. 나는 친구들의 눈총을 받으면서도 기꺼이 리디의 기사(騎士) 노릇을 하고 있었다. 그때만큼 그녀 가 미칠 듯이 사랑스럽게 여겨진 적이 없었다. 리디는 나와 팔 짱을 꼈고 걸어가는 동안 내가 그녀를 끌어당겨 살짝 껴안아도 거부하지 않았다. 그녀는 마구 재잘거리더니 이윽고 한동안 침 묵을 지켰다. 내게는 그녀가 나를 받아들이는 것처럼 보였다. 열정에 들뜬 나는 이 기회를 최대한 이용하기로, 최소한 이 우

호적이고 기분 좋은 상태를 가능한 한 길게 끌어가리라고 결심
했다.

시내가 가까워지자 나는 친구들에게 곧장 시내로 들어가지
말고 돌아서 가자고 제안했고 아무도 반대하지 않았다. 그 길은
골짜기 위에 반원형의 급경사를 이루며 뻗어 있는 길이었고 저
아래로는 골짜기와 시내가 훤히 내려다보이는 길이었다. 시내
는 이미 가로등 행렬과 무수한 빨간 불빛으로 반짝이고 있었다.

리디는 여전히 내 팔에 매달린 채 내게 말을 시켰으며 열에
들뜬 나의 구애를 재미있다는 듯 받아들였다. 그녀 자신도 꽤
나 흥분해 있는 것 같았다. 하지만 내가 그녀의 몸을 끌어당겨
키스를 하려 하자 그녀는 살짝 몸을 빼며 나와 약간 떨어지더
니 숨을 깊게 내쉬면서 말했다.

"저기 급경사를 좀 봐. 우리 저곳으로 썰매를 타고 내려가면
어떨까? 우리 영웅께서 무서워하시지는 않겠지요?"

나는 아래를 내려다보고 놀랐다. 너무 급경사여서 순간적으
로 정말로 겁이 났다.

"안 되겠어." 나는 차분하게 말했다. "벌써 날도 이렇게 어두
워졌잖아."

그녀는 곧바로 나를 놀려대기 시작했다. 그녀는 나를 겁쟁이

라고 비웃으며 내가 비겁하게 함께 썰매를 타고 내려가지 않겠다면 자기 혼자라도 그러겠다고 억지를 부렸다.

"물론 뒤집힐 거야." 그녀가 웃으며 말했다. "하지만 그러면 더 재미있지 않겠어?"

그녀가 하도 부추기는 바람에 나는 그녀에게 부드럽게 말했다.

"좋아, 썰매를 타고 내려가자. 만일 우리가 뒤집힌다면 나에게 눈을 문질러도 좋아. 하지만 우리가 무사히 내려간다면 그에 대한 보답을 받겠어."

그녀는 웃기만 할 뿐 아무 말 없이 썰매에 앉았다. 나는 그녀의 눈을 똑바로 바라보았다. 그녀의 두 눈은 열정과 기쁨으로 빛나고 있었다. 나는 그녀 앞에 앉은 후 꼭 잡으라고 말하고는 미끄러져 내려가기 시작했다. 그녀가 두 손을 깍지 껴서 내 가슴을 껴안았다. 나는 그녀에게 뭔가 큰 소리로 말을 하려 했으나 그럴 수 없었다. 경사가 너무 급해서 마치 허공 속으로 돌진하는 것 같았던 것이다. 나는 썰매를 멈추기 위해, 혹은 최소한 뒤집히기라도 하려고 두 발로 땅을 더듬었다. 리디가 너무 걱정되었던 것이다. 하지만 이미 때는 늦었다. 나는 썰매를 멈출 수 없었다. 썰매는 이미 주체할 수 없을 정도로 빠르게 언덕을 질주하고 있었다. 차가운 눈가루가 흩날리며 얼굴을 때리는 것만 느껴졌을 뿐이었다. 리디의 비명 소리가 들렸다. 그리고 그뿐이었다. 나는 마치 대장간 망치로 얻어맞은 듯한 타격을 머리에 받았다. 몸 어딘가에 어마어마한 통증이 느껴졌다. 내가 느낀 마지막 감각은 추위였다.

사고 직후 어떤 소동과 혼란이 있었는지 나는 전혀 모른다. 하지만 다른 사람들에게는 고통스러운 한때였다. 그들은 리디의 비명 소리를 듣고 처음에는 웃었으며 어둠 속에서 위쪽을 향해 야유를 보냈다. 하지만 뭔가 심상치 않은 일이 벌어진 것을 알고는 서둘러 우리 쪽으로 왔다. 리디는 파랗게 질린 채 반쯤 정신을 잃고 있었지만 장갑이 찢기고 손의 살갗이 벗겨져 피가 약간 흘렀을 뿐 다친 곳은 전혀 없었다. 하지만 그들은 내가 죽었다고 생각하고 나를 수레에 실어 날랐다.

그들은 내가 뇌진탕을 일으켰다고 생각했다. 하지만 상황은 그다지 심각하지 않았다. 내가 머리에 심한 충격을 받고 오랜 시간이 흐른 뒤에야 의식을 회복한 것은 사실이었지만 머리의 상처는 곧 나았고 두뇌는 아무 손상도 입지 않았다. 다만 왼쪽 다리에 여러 군데 부상을 입었고 그 부상은 완치되지 않았다. 이후 나는 지팡이에 의지해서야 걸음을 옮길 수 있는 불구자가 되었고 더 이상 뛸 수도, 춤을 출 수도 없게 되었다. 그렇게 내 청춘은 조용한 지역으로 향하는 길을 예기치 않게 내게 열어준 것이었으며 나는 그 길을 수치심과 내키지 않는 기분으로 걷게 되었다. 하지만 어쨌든 나는 그 길을 걸어갔다. 또한 때로는 내 삶에서 일어난 그 중요한 사건을 결코 잊지 않으려 애쓰기도 했다.

고백하지만 그 사건을 떠올릴 때, 나는 나의 부러진 다리보다는 그 사건 덕에 빚어진 다른 결과들, 내가 참으로 다행이라고 여기고 있는 결과들에 대해 더 생각하게 된다. 어떻게 그런 결과를 빚게 되었을까? 사건 자체 때문일까? 그 사건으로 인한 충격 때문일까? 혹은 어둠 속에서 흘낏 보게 된 그 무엇 덕분이었을까? 아니면 병상에 오랫동안 누워 있었던 덕분이었을까? 그야 어쨌든 나는 그 사건 덕에 내게 아주 도움이 되는 치료를 받은 셈이었다.

내가 병상에 누워 있던 일주일간에 대한 기억은 남은 것이 하나도 없다. 나는 대부분의 시간을 의식을 잃은 채 보냈으며 의식이 완전히 돌아오고서도 멍한 상태에 있었다. 어머니가 오셔서 매일 정성스럽게 내 병상을 지켜주었다.

나는 석 달 동안 병상에 누워 있었으며 그 시간은 내가 무참히 꺾인 내 청춘에 대해 체념하기에 충분한 시간이었다. 그러던 어느 날 밤이었다. 나는 몇 시간 동안 단잠을 이룬 후 잠에서 깨었다. 뭔가 기분 좋은 꿈을 꾼 것 같았지만 아무리 기억해내려 해도 소용이 없었다. 마치 모든 불쾌한 일이 극복되고 뒤로 물러난 듯 아주 기분이 좋고 평온했다. 누운 채로 이제 회복이 되어 퇴원을 할 수 있으리라는 기대에 젖어 있자니 멜로디하나가 소리 없이 내 입술에 떠올랐다. 나는 흥얼거리기 시작했다. 그러자 뜻밖에 내게 그토록 오랫동안 낯설게 여겨졌던 음악이 마치 구름에 가려졌던 별이 갑자기 그 모습을 드러낸 것처럼 그 빛으로 나를 감쌌다. 내 심장은 그 리듬에 맞춰 울렸고 내 전 존재가 새롭게 피어난 듯 신선하고 순수한 공기를 호흡했다. 내가 의식하지도 못하는 사이에 음악은 마치 멀리서 들려오는 은은한 합창처럼 부드럽게 내 몸과 마음에 스며들었다.

나는 그렇게 마음속 깊이 상쾌한 기분을 느끼며 다시 잠이 들었다. 다음 날 아침 나는 즐거웠고 마음도 가벼웠다. 오랫동안 맛보지 못한 기분이었다. 어머니가 그런 나를 보고 왜 그렇게 기분이 좋으냐고 물었다. 나는 오랫동안 바이올린을 잊고 있었는데 갑자기 그 생각이 나서 기분이 좋아졌다고 대답했다.

"하지만 바이올린을 연주하려면 아직 멀었는데." 어머니가

제2장

27

걱정스러운 어조로 말했다.

"그건 상관없어요. 평생 다시 연주를 못 하게 되어도 괜찮아요."

어머니는 내 말을 이해하지 못했고 나는 설명해줄 수 없었다. 하지만 어머니는 어쨌든 내 건강이 나아졌으며 내가 그렇게 즐거운 마음을 갖는 것이 해로울 건 없다고 생각했다.

며칠 후 어머니는 다시 조심스럽게 이야기를 꺼냈다.

"애야, 솔직하게 말해주렴. 네 아버지와 내가 보기에는 네가 음악에 싫증을 느끼는 것 같더구나. 아버지가 선생님과도 그런 이야기를 나누었다. 뭐, 너를 설득하겠다는 건 아니란다. 더구나 지금은……. 하지만 네가 잘못 생각한 거고 지금이라도 포기하고 싶다면 그래도 좋아. 오기가 나서, 혹은 부끄럽다고 계속 매달릴 필요는 없잖아. 네 생각은 어떠니?"

나는 다시 한번 나 자신에 대해 실망하고 음악과 멀어졌던 시기에 대해 생각했다. 나는 그때의 심경을 어머니께 말씀드리려고 애썼고 어머니도 납득하는 것 같았다. 나는 다시 나의 목표가 뚜렷하게 보인다고, 어떤 일이 있더라도 그로부터 도망가지 않고 끝까지 제대로 공부해보겠다고 어머니에게 말했다. 우리는 그 정도에서 이야기를 그쳤다. 어머니가 도저히 엿볼 수 없는 내 영혼 저 깊은 곳에는 오로지 달콤한 음악만이 있을 뿐이었다. 내가 비록 좋은 바이올리니스트가 될 수 없다하더라도 내게는 다시 한번 이 우주가 훌륭한 하모니를 지닌 예술 작품으로 느껴졌으며 음악 밖에서의 구원은 없는 것처럼 여겨졌다. 내가 여러 가지 사정상 다시 바이올린을 연주할 수 없게 되면 그것을 포기하고 다른 직업, 예컨대 상업에 종사하게 될지도 모른다. 하지만 그런 건 하나도 중요하지 않다. 상인이 되건, 혹은 다른 직업을 갖게 되건 나는 음악을 느끼고 음악 속에 살 것이며 음악으로 호흡할 것이다. 나는 다시 작곡을 할 것이다! 내가 행복하게 된 것은 어머니에게 말한 것처럼 바이올린에 대한 생각 덕분이 아니었다. 음악을 창작하겠다는 강렬한 욕망이 나를 행복하게 한 것이다. 어느덧 나는 옛날 가장 좋았던 시절처럼 이따금 맑은 공기의 높은 진동을 느낄 수 있었고, 집중된 사고를 할 수 있게 되었다. 그에 비하면 불구가 된 다리나 그 밖의 불운 따위는 아무것도 아니었다.

그날 이후 나는 승리자였다. 물론 가끔 내 몸이 온전했으면, 내가 젊음을 만끽하며 즐길 수 있다면 얼마나 좋을까 하는 욕구가 내 안에 꿈틀거리기도 했으며 나의 불구 상태를 증오하고 저주하는 일도 있었다. 하지만 그 모두 내가 이겨낼 수 없을 정도는 아니었다. 나를 위안해주고 보상해주는 그 무언가가 늘 있던 덕분이었다.

　아버지가 가끔 나와 어머니를 보러 왔고, 내가 혼자 지낼 만
한 상태가 되자 두 분은 나를 홀로 두고 가버렸다. 그러자 어머
니가 계시는 동안에는 찾아오지 않던 뜻밖의 사람이 병문안을
왔다. 리디였다. 나는 그녀를 보고 무척이나 놀랐다. 내가 최근
에 그녀와 매우 가깝게 지냈다는 사실, 내가 그녀를 매우 사랑
했다는 사실이 한순간 전혀 내 머리에 떠오르지 않았던 것이
다. 나를 보자 그녀는 눈에 띄게 당황한 모습을 보였다. 그녀는
내가 겪은 불운에 대해 자신이 책임이 있음을 알고 있었기에
나의 어머니를 두려워했고, 심지어 법적인 책임까지 지게 되지
않을까 걱정하고 있었다. 하지만 사태가 그다지 우려할 정도
는 아니며 그녀는 이 사건과 무관하다는 것을 그녀는 알게 되
었다. 그녀는 안도의 한숨을 내쉬었지만 약간의 실망감이 드는
것은 어쩔 수 없었다. 양심의 가책을 느끼고 있었음에도 불구
하고 이 처녀는 은근히 마음속으로 이 사건 자체와 이 사건 때
문에 발생한 불행을 즐기고 있었던 것이다. 심지어 그녀는 여
러 번에 걸쳐 '비극적'이라는 수식어를 사용하기도 했다. 나는
웃음이 터져 나오는 것을 간신히 참아내느라 애써야만 했다.
그녀는 내가 그토록 명랑하리라고는, 내가 겪은 불행에 대해

그토록 무덤덤하리라고는 예상하지 못하고 있었던 것이다. 그녀는 내게 용서를 구하려고 마음먹고 있었다. 내가 그녀의 애인 자격으로 그 용서를 받아들였다면 그녀는 커다란 만족을 느꼈을 것이며 이 감동적인 장면의 절정에서 당당하게 내 마음을 새롭게 사로잡았을 것이다.

물론 그 어리석은 처녀는 그토록 쾌활한 내 모습을 보고 자신이 죄의식에서 벗어날 수 있다는 사실에 적잖이 마음이 놓였을 것이다. 하지만 그런 안도감이 그녀를 기쁘게 해주지는 못했다. 그녀가 양심의 가책에서 벗어나 걱정이 덜어지면 덜어질수록 그녀가 그만큼 더 냉정하고 침착해지는 것을 나는 알 수 있었다. 실제로 그녀는 이 사건에서 내가 그녀의 역할을 지극히 사소한 것으로 여기고 있다는 것, 심지어 아예 잊어버린 듯한 태도를 보인다는 사실에 상처를 받았다. 나는 아예 그녀의 사과를 가로막은 셈이었으며 결과적으로 그녀가 예상한 감동적인 장면의 연출을 막아버린 것이었다.

내가 아주 정중하게 그녀를 대했음에도 불구하고 그녀는 내가 이제 더 이상 자신을 사랑하지 않는다는 것을 알았고 그것이 그녀에게는 최악이었다. 내가 설사 팔다리를 잃었다 할지라도 나는 여전히 그녀의 숭배자라야 했고 비록 그녀가 전혀 사랑하지 않는 상대라 할지라도 상대방이 가련한 상사병에 걸려 허덕거려야만 그녀는 만족했을 것이다. 그러나 그녀는 그 기대가 깨졌음을 분명히 깨달았다. 마침내 그녀는 과장된 작별 인사를 한 후 가버렸고 더 이상 찾아오지 않았다. 그리고 일요일 날 소풍을 같이 갔던 친구들 두 명이 두어 번 찾아온 뒤로 더 이상 아무도 찾아오지 않았다. 그렇게 청년 시절 내 삶의 대부분을 차지했던 모든 것들이 내게서 멀어졌다. 당시의 사랑, 우정, 기쁨, 슬픔, 습관 들이 마치 허술하게 걸치고 있던 옷처럼 손쉽게 내게서 떠나간 것이다.

나의 옛사랑이 일종의 우스갯거리로 전락하는 모습을 눈앞에서 보게 된다는 것은 내 자존심에 큰 상처를 주는 일이었다. 하지만 그녀의 문병은 내게 큰 도움이 되었다. 나는 거의 맹목적인 열정에서 벗어난 상태에서 내가 그토록 사랑하던 여자를 바라보고는, 내가 그녀에 대해 거의 아무것도 모른다는 사실을 깨닫고 놀랐다. 내가 세 살 때 귀여워하던 인형을 누군가 내게 보여주더라도 그 인형에 대한 내 감정의 변화가 지금 내가 느끼고 있는 감정의 변화만큼 나를 놀라게 하지는 않았을 것이다. 몇 주 전만 해도 그토록 나를 열에 들뜨게 했던 젊은 여자가 그토록 낯선 사람이 되어버리다니……

그러던 어느 날 전혀 생각지도 않던 사람이 나를 찾아와 또 한번 나를 놀라게 했다. 그토록 엄격하고 나를 비웃기만 하던 피아노 선생이 찾아온 것이다. 지팡이를 들고 장갑을 낀 그는 특유의 퉁명스럽고 신랄한 어조로 내게 말했다. 그는 썰매 타기 같은 어리석은 짓을 했으니 내가 이런 꼴이 된 것이 당연하다고 했다. 그런데 그가 전혀 그답지 않은 말을 했다. 그는 여전히 말투를 바꾸지 않은 채 무슨 나쁜 뜻이 있어서 온 것이 아니다, 내가 실수를 자주 하기는 해도 그런대로 괜찮은 학생으로 생각하고 있다고 말해주기 위해서 왔다고 했다. 이어서 그는 자신의 동료인 바이올린 선생도 같은 의견이며 내가 건강한 몸으로 빨리 돌아오기를 기다리고 있다고, 그렇게 되면 기쁠 것이라고 말했다. 그가 하는 말이 이전에 나를 거칠게 대한 데 대한 사과처럼 들렸으며 여전히 날카로운 어조였지만 내게는 그의 말이 마치 사랑 고백처럼 달콤하게 들렸다. 나는 이 인기 없는 선생에게 감사의 표시로 손을 내밀었으며 내가 그를 얼마나 믿고 있는지를 보여주기 위해 지난 몇 년 동안의 내 마음 상태에 대해 설명했고, 음악을 향한 내 진정성이 어떻게 되살아나고 있는지 보여주려고 애썼다.

교수는 고개를 흔들며 조소한다는 듯 혀를 차더니 말했다.

"아하, 작곡가가 되시겠다 이건가?"

"될 수만 있다면요." 나는 기가 꺾여서 대답했다.

"그렇다면 잘되길 빌겠네. 나는 사네가 다시 힘을 내서 공부를 할 줄 알았지. 하지만 작곡을 원한다면 그럴 필요가 없지."

"그런 뜻이 아니었습니다."

"그렇다면? 음악학교 학생들은 게으름을 피우다 힘든 공부가 싫어지면 작곡을 하겠다고 덤벼들지. 누구나 할 수 있어. 누구든 다 천재니까."

"정말 그런 뜻으로 말씀드린 게 아닙니다. 그렇다면 제가 피아니스트가 돼야 할까요?"

"아니, 자네는 피아니스트가 될 수 없어. 하지만 비교적 좋은 바이올리니스트는 될 수 있어."

"그럼 그렇게 되도록 노력하겠습니다."

"진정이길 바라네. 이제 그만 가봐야겠네. 빨리 쾌차하기를…… 잘 있게."

그는 그 말만 남기고 가버렸다. 나는 여전히 놀람에서 벗어나지 못하고 있었다. 나는 다시 공부를 하겠다는 생각은 거의 안 하고 있었다. 또다시 어려움만 겪다가 제대로 해내지 못하고 이전과 같은 일을 겪을까 걱정이 되었던 것이다. 하지만 그런 걱정은 금세 사라졌다. 저 무뚝뚝한 교수가 호의로 나를 방문한 것으로 여겨졌고 내게 해준 말이 선의의 표시로 보인 덕분이었다.

나는 내 몸이 어느 정도 회복되면 원기 회복을 위해 일정 기간 집에 가 있을 작정이었다. 하지만 나는 여행을 방학 때까지 미루었다. 즉각적으로 공부에 몰두하고 싶었던 것이다. 그러자 나는 휴식의 효과, 특히 어쩔 수 없이 취하게 된 휴식이 가져다준 효과에 놀랐다. 나는 별 자신 없이 공부와 연습을 시작했다. 그런데 놀랍게도 모든 것이 전보다 훨씬 순조로웠다. 물론 내가 결코 대가가 될 수 없다는 사실을 이번에도 분명히 깨달을 수 있었다. 하지만 조금도 고통스럽지 않았다. 어찌 되었건 모든 게 수월하게 잘 되어 나갔다. 도무지 헤쳐나갈 수 없는 덤불숲이었던 음악 이론, 하모니, 작곡 공부 들이 얼마든지 접근할 수 있는 꽃밭으로 변해 있었다. 수업을 듣는 동안 불현듯 떠오른 착상들이 더 이상 규칙이나 법칙에 어긋나지 않았으며, 엄격한 규율을 지키고 따르다 보니 비록 좁기는 하더라도 자유를 향한 길이 어렴풋이 열리는 것을 분명히 느낄 수 있었다. 물론 내 눈앞에 커다란 장벽이 가로 놓인 것 같아서 머리를 감싸

안고 밤낮으로 괴로워할 때도 있었다. 하지만 다시는 절망하지 않았으며 그 좁은 길은 점점 더 또렷하게 내 앞에 모습을 드러냈다.

학기 말에 방학을 앞두고 이론 선생이 놀랍게도 내게 이런 말을 했다.

"이번 학기에 진정으로 음악에 대해 그 무언가를 이해한 것처럼 보인 학생은 자네뿐이야. 작곡한 작품이라도 있으면 보고 싶군."

나는 선생의 격려의 말이 귀에 쟁쟁 울리는 채로 집을 향해 떠났다. 아버지가 역으로 마중 나와 있었다. 이튿날 나는 전에 익숙했던 거리를 돌아보며 이제 내 유년기가 완전히 사라졌다는 회한에 젖었다. 지팡이에 의지한 채 길모퉁이를 돌 때마다 지난 시절의 즐거움과 기쁨이 되살아나는 것을 느낀다는 것은 고통스러운 일이었다. 나는 우울한 기분에 젖어 집으로 돌아왔다. 그 누구를 만나도, 그 누구의 목소리를 들어도, 그 어떤 생각을 해도 옛날이 떠오르면서 내 불구가 더 쓰리게 여겨졌다. 대놓고 말을 하지는 않았지만 어머니가 은연중 내 진로에 대해 걱정하고 있는 것이 더욱 괴로웠다. 몸도 성치 않으면서 어떻게 바이올리니스트로 살아가려는 것인지 어머니로서는 이해하기 어렵고 걱정스러운 것이 당연했다.

나는 어릴 때 내가 쓰던 방에 며칠이고 틀어박혀 있었다. 사람들이 퍼부어대는 질문에 답하기도 피곤했기에 아예 문밖으로 나가지도 않았다. 하지만 나도 모르게 창문 밖에서 들려오는 밝은 목소리에 귀를 기울이고, 어린아이들, 특히 젊은 여자들을 일종의 질투심에 젖어 바라보는 자신의 모습을 발견하고 깜짝 놀라곤 했다.

오, 어찌 다시 여자에게 사랑을 고백할 수 있단 말인가! 나는 이제 주변을 서성일 수밖에 없을 것이다. 춤을 출 수도 없을 것이며 여자들은 나를 비정상적인 사람 취급할 것이다. 설사 누군가가 나를 상냥하게 대해주더라도 그것은 오로지 동정심에서일 뿐이리라. 아, 동정이라면 이제 지긋지긋하고 넌더리가 난다.

그런 상태에서 집에 머물러 있을 수는 없었다. 내가 너무 우울해하는 것을 보고 괴로워하시던 부모님은 내가 여행을 떠나겠다고 하자 흔쾌히 동의해주었다. 나는 이번 여행을 통해 나의 불구를 체념과 유머로 넘길 수 있게 되기를 간절히 원했다.

기차를 타고 스위스로 간 나는 그라우뷘덴주의 한 소도시에서 하룻밤을 지낸 후 작은 산악 열차에 몸을 실었다. 산악 열차는 하얗게 거품이 이는 시냇물을 끼고 좁은 골짜기를 누비며

산속으로 들어갔다. 이어서 어느 한적한 역에서 열차에서 내린 나는 마차로 갈아타고 이 지역에서 가장 높은 곳에 있는 마을에 도착했다.

이 한적하고 작은 마을의 단 하나뿐인 여인숙에 나는 가을이 될 때까지 머물렀다. 나는 그 여인숙의 유일한 손님이었다. 애당초 나는 그곳에 잠시 머문 후 스위스의 여러 지역을 돌아다니며 낯선 세상을 조금이라도 더 많이 보고 느낄 작정이었다. 하지만 이 높은 곳의 공기가 너무 맑고 드높아서 이곳을 떠나고 싶지 않았다. 게다가 누구 한 사람 나를 눈여겨보지도 않았으며 동정의 말을 건네는 사람도 없었다. 나는 높은 곳에 살고 있는 새처럼 자유로웠고 게다가 혼자였기에 이내 모든 고통과 병적인 질투심을 잊을 수 있었다.

그 고지에서 보낸 몇 주일이 내 생애 거의 가장 아름다운 때였다고 할 수 있다. 나는 깨끗하고 순수한 공기를 호흡했으며 얼음처럼 차가운 개울물을 마셨고, 검은 머리 목동이 꿈꾸는 듯 조용히 지켜보는 가운데 가파른 산비탈에서 풀을 뜯고 있는 양 떼들을 보았다. 때로는 골짜기에서 메아리치는 천둥소리도 들었으며 놀랄 만큼 가까운 데서 안개와 구름을 보았다. 또한 바위 틈바구니에 자라고 있는 작고 부드러우면서 짙은 색깔의

들꽃과 이끼들을 자세히 들여다보기도 했다.

맑게 갠 날에는 한 시간 동안 산에 머물면서 건너편에 푸른 그림자를 드리운 채 우뚝 솟아 있는 산봉우리들, 은빛 설원이 행복하게 반짝이는 모습에 넋을 잃기도 했다. 하지만 곰곰 생각해보면 실제로는 내 기억 속에서만큼 늘 햇빛 잔란한 푸른 하늘, 마냥 축제와 같은 날들만이 이어진 것은 아니었다. 안개 낀 날이나 비가 오는 날도 있었고 눈도 내리고 추위도 찾아왔다. 그럴 때면 내 마음속에도 폭풍우와 비바람이 몰아쳤다.

나는 홀로 지내는 데 그다지 익숙하지 않았다. 처음 얼마간의 휴식과 기쁨이 지나가자 내가 빠져나왔다고 생각한 고통을 나는 다시 느꼈으며 때로는 그 고통이 예고도 없이 찾아와 매우 가까이서 무섭게 나를 노려보곤 했다. 추운 밤이면 나는 작은 방에 앉아 여행용 담요로 무릎을 덮은 채 지친 마음으로 속절없이 어리석은 생각에 빠져들었다. 젊은 혈기가 갈망하는 모든 것들, 이를테면 파티, 즐거운 댄스, 여성에 대한 사랑과 모험, 힘의 승리, 사랑에서의 승리 등은 내게서 영원히 떨어져 나가 영영 닿을 수 없는 피안으로 물러나 있었다. 심지어 거의 억지로 남들과 어울려 흥청망청하다가 결국 어처구니없이 썰매가 뒤집히는 사고로 끝을 맺은 그 시절조차 마치 잃어버린 낙원처럼 채색되어 바쿠스의 축제에 취한 메아리처럼 저 멀리서 내게 아련하게 울려왔다. 때때로 밤에 폭풍우가 몰려와 전나무 숲이 격렬하게 흔들리며 내지르는 비명 소리가 차갑게 떨어지는 물소리를 덮어버릴 때면 나는 삶과 사랑의 격정을 다시 느껴보고 싶다는 절망적인 꿈에 쫓겨 신을 원망하면서 잠을 못 이루었다. 이 세상 수많은 사람들이 청춘의 힘을 구가하며 생명을 향해 두 손을 내밀며 환호하고 있건만 나는 가장 아름다운 꿈이라야 아롱진 색을 띠었다가 금세 터져버리는 비눗방울 같은 것에 불과한, 가련한 시인이자 몽상가에 지나지 않는 것 같았다.

저 화려한 산들의 아름다움과 내 감각을 즐겁게 했던 모든 것들이 마치 멀리 베일을 통해 내게 모습을 드러내는 것처럼 보였듯이 이따금 격렬하게 나를 사로잡는 이 고통과 '나' 사이에도 어떤 베일이, 뭔가 낯선 것이 드리워져 있는 것 같았다. 그리고 한낮의 밝음과 밤에 찾아오는 슬픔이 모두 그에 귀를 기울일 때마다 나를 격렬한 아픔으로 이끄는 외부의 목소리처럼 여겨졌다. 나는 나 자신이 군인들 간의 치열한 전투가 벌어지고 있는 전장처럼 느껴졌고, 떠다니는 구름 덩어리처럼 느껴졌다. 내가 기쁨과 즐거움을 맛보든, 내가 슬픔과 고뇌에 젖든, 그 모든 감정들이 이제 점점 명확해졌고 내가 이해할 수 있는 것이 되었다. 그 감정들은 내 영혼 깊은 곳에서 우러나와 저 밖에서 하모니와 선율을 이루며 내게 다가왔으며 그 소리들이 마치 꿈결에 들려오는 듯 내 의지와 상관없이 나를 사로잡았다.

어느 고즈넉한 저녁 무렵 바위산으로부터 돌아오면서 나는 그것을 처음으로 분명히 느꼈다. 그에 대해 곰곰이 생각에 잠긴 끝에 나 자신이 하나의 수수께끼처럼 생각되었을 때 갑자기 내게 그 의미가 밝혀졌다. 그렇다. 내가 오래전 어렸을 때, 불안에 휩싸인 채 맛보았던 그 야릇한 느낌이 되찾아온 것이었다. 그 시절에 대한 기억과 함께 거의 유리와 같은 그 놀라운 맑음, 투명함이 되살아났다. 그 맑고 투명한 감정 속에서는 그 어느 것도 가면을 쓰고 있지 않았으며 그 어느 것에도 슬픔이니 행복이니 하는 꼬리표가 붙지 않았고 그 자체 힘과 소리와 창조적 도약을 뜻했다. 그처럼 고양된 상태의 내 감성의 움직임, 그 아롱진 색깔, 그 갈등에서 음악이 태어났다.

나는 이제 밝은 날이면 태양과 나무들, 갈색의 바위들과 저 멀리 눈 덮인 산들을 행복과 기쁨에 충만한 채 바라보며 그것들을 얼마든지 받아들일 수 있다고 느꼈다. 또한 어두운 때는 내 고통이 확장되어 보다 격렬하게 고동치는 것을 느꼈다. 하지만 나는 더 이상 쾌락과 고통을 구별하지 않았다. 둘이 서로 닮았으며 둘 다 고통스럽기도 하고 감미롭기도 했다. 내 마음이 즐거울 때나 고통에 시달릴 때나 내 장조의 힘은 차분하게 그 갈등을 바라보며 밝음과 어둠이, 고뇌와 행복이 단 하나의 유일한 힘, 위대한 음악의 힘과 리듬에 의해 친밀하게 맺어진 형제라는 것을 발견했다.

나는 그 선율을 기록할 수 없었다. 그것은 아직 내게 낯설었으며 그 한계를 알 수 없었다. 하지만 그 소리를 들을 수는 있었다. 나는 내 안에서 세계가 완벽해지는 것을 느낄 수 있었고 그중의 일부분, 아주 작은 일부분을, 비록 축소되고 번역된 것이나마 간직할 수 있었다. 나는 며칠 동안 그에 몰두했고 그것을 바이올린 이중주로 표현할 수 있겠다는 생각이 들자 순결한 기분으로 나의 첫 소나타를 쓰기 시작했다.

어느 날 아침 나는 내 방에서 내 소나타 1악장을 바이올린으로 연주해보았다. 그것이 매우 취약하며 불완전하고 오류투성이임을 알 수 있었지만 한 음, 한 음마다 나는 전율했다. 나는 그 음악이 훌륭한지 아닌지는 몰랐지만 그것이 나의 음악이라는 것, 내 안에서 체험되고 태어났다는 것, 그 이전에 그 어디에서도 들을 수 없던 곡이라는 것은 알고 있었다.

아래층 식당에는 머리가 백발처럼 하얀 노인이 늘 꼼짝 않고 앉아 있었다. 80세의 노인으로서 여관 주인의 부친이었다. 그는 언제나 한 마디 말도 않은 채 평화로운 눈길로 주변을 바라보고만 있을 뿐이었다. 그 엄숙하고 조용한 노인이 초인적인 지혜와 평온을 지닌 사람인지 아니면 정신력을 상실한 사람인지는 도무지 알 수 없었다. 어느 날 아침 나는 바이올린을 옆구리에 끼고 그 노인이 있는 곳으로 내려갔다. 그 노인이 내 바이올린 연주뿐 아니라 모든 음악에 귀를 기울인다는 것을 알고 있었기 때문이었다. 노인이 혼자 있는 것을 알고 나는 그 앞에 서서 내 곡의 1악장을 연주하기 시작했다. 노인은 이제 흰자위가 누렇게 되었고 언저리가 빨갛게 된 그 평온한 눈을 내게로 향한 채, 조용히 귀를 기울였다. 그때부터 지금까지 내가 그 곡에 대해 생각할 때마다 내게는 그 노인의 모습과 나를 평화롭게 바라보던 그 눈길이 떠오른다. 연주를 끝낸 후 나는 고개를 끄덕였다. 그러자 노인은 알았다는 듯, 모든 것을 이해한다는 듯 눈을 깜빡거렸다. 이어서 그는 눈길을 돌리고 고개를 숙이더니 다시 이전의 꼼짝 않는 자세로 되돌아갔다.

그 고지에는 가을이 빨리 찾아왔다. 내가 떠나던 날 아침에는 짙은 안개가 끼어 있었고 차가운 빗방울이 마치 가벼운 먼

지처럼 흩날리고 있었다. 하지만 내 가슴속에는 화창한 날의 햇빛이 빛나고 있었고, 내 마음은 감사로 가득 차 있었다. 나는 내 앞에 놓여 있는 내 길을 기꺼이 맞이할 용기를 지닌 채 그곳을 떠났다.

제3장

음악대학 마지막 학기에 나는 무오트와 알고 지내게 되었다. 그는 그 도시에서 상당한 명성을 얻고 있는 가수였다. 그는 4년 전에 학업을 마치자마자 곧바로 궁정극단의 가수로 활동하게 되었다. 아직 그는 사소한 역할만 맡고 있었으며 노련하고 유명한 가수들 옆에서 크게 빛을 발하지는 못하고 있었다. 하지만 많은 사람들이 그의 전도가 양양하며 그가 장차 큰 명성을 얻게 되리라고 평가하고 있었다. 나는 무대에 선 그의 모습을 두세 번 본 적이 있으며 비록 크게 호감을 갖지는 않았지만 강렬한 인상을 받았다.

내가 그와 알고 지내게 된 경위는 다음과 같다. 그날 학교로 돌아오자 나는 평소 내게 호감을 지니고 있던 교수에게 내가 작곡한 바이올린 소나타 한 곡과 가곡 두 곡을 가지고 갔다. 그는 나중에 평을 해주겠다고 약속했다. 그런데 이후 그는 나를 우연히 만날 때마다 뭔가 당황하는 기색을 감추지 않았다. 그러던 어느 날 아침 그가 나를 부르더니 내게 악보를 돌려주며 약간 거북한 듯이 말했다.

"자, 자네 작품을 돌려주지. 너무 큰 기대를 걸지 않았길 바라네. 뭔가가 있긴 있어. 자네는 분명 어느 정도 성취를 이루게 될 거야. 하지만 솔직히 말한다면 나는 자네가 좀 더 성숙하고 차분한 사람이라고 생각했네. 자네에게 그렇게 정열이 넘치는 줄은 몰랐어. 뭔가 좀 더 차분하고 유쾌한 곡을 기대했지. 기법상으로도 완벽한 곡을 기대한 거라네. 그런데 자네 작품은 기법상 실패작이야. 그러니 선생인 나로서는 뭐라고 평가할 수가 없네. 내 평가를 넘어서는 대담한 시도야. 선생인 내 입장에서 칭찬하긴 곤란하지. 자네 작품은 내 기대에 못 미치기도 하고 그 기대를 넘어서기도 해. 그래서 당황한 거지. 나는 교사니까 양식상의 오류를 묵과할 수는 없네. 그 오류를 독창성이 대신하고 있는지는 일단 판단을 유보하겠네. 자네의 다음 작품을 봐야 할 것 같아. 분명히 작곡을 계속할 거지? 내, 그것만은 확신할 수 있다네."

나는 비평이라고 하기에는 곤란한 그의 선고를 듣고 어찌할 바를 모른 채 그의 방에서 나왔다. 그리고 마지막 학기 공부에 충실하기 위해서 그 모든 것을 잠시 잊기로 했다.

그즈음 나는 음악에 상당한 관심을 갖고 있는 어느 가정에 초대를 받았다. 그 집의 가족들은 나의 부모님들과 친분이 있었고 나는 일 년에 한두 번씩 그 집을 방문하곤 했다. 흔히 있는 사교계 모임이었지만 오페라 스타들이 몇 명 초대된다는 점이 여느 모임과 달랐다. 그 모임에 가수 무오트도 왔다. 다른 낯익은 가수들도 몇 명 있었지만 그가 가장 나의 흥미를 끌었다. 그를 그렇게 가까이서 보는 것은 처음이었다. 큰 키에 미남이었고 자만심이 지나쳐 방자한 인상까지 주었으며 여자들에게도 인기가 좋았다. 하지만 겉모습만 그러할 뿐, 자세히 보면 그다지 자만하거나 만족하고 있는 것 같지 않았다. 그의 눈길에 뭔가 불안하고 그 무언가를 탐색하는 듯한 기색이 엿보인 것이다. 나를 소개받자 그는 말없이 짧게 고개만 끄덕였을 뿐이다. 그런데 시간이 꽤 지났을 때 갑자기 그가 내게 다가와 말을 걸었다.

"당신이 쿤 씨입니까? 난 당신에 대해 이미 얼마간 알고 있소. S교수가 당신 작품을 보여주었소. 그 양반, 그렇게 분별없는 사람은 아니니 오해는 마시오. 그와 만난 자리에 마침 그 곡이 놓여 있기에 그의 허락을 받고 보았을 뿐이오."

나는 놀랍고 당황했다.

"왜 그 말씀을 하는 거지요? 그 곡은 교수님 마음에 들지 않았을 텐데요."

"그래서 상처를 받았소? 나는 그 노래가 무척 마음에 들던데. 반주만 있다면 불러줄 수도 있소. 어디 그래 주겠소?"

"그 노래가 마음에 들었다고요? 정말 노래를 불러주겠다는 겁니까?"

"물론이오. 하긴 콘서트 같은 데 어울리는 노래가 아닌 건 틀림없지. 그 악보를 내 집에 두고 싶다오."

"그렇다면 한 부 베껴드리지요. 하지만 왜 그 악보를 갖고 싶어 하지요?"

"흥미가 있기 때문이오. 그 곡에는 참다운 음악 같은 게 들어 있소. 당신 자신도 잘 알 텐데."

그는 나를 찬찬히 바라보았고 나는 거북했다. 호기심에 가득 차 있는 그의 눈은 마치 내 얼굴을 연구라도 하는 것 같았다.

"생각보다 젊군. 그 나이에 아마 무슨 큰 고통을 겪은 게 틀림없소."

"맞아요." 내가 말했다. "하지만 그 이야기는 하고 싶지 않습니다."

그날은 그냥 그렇게 헤어졌다. 썰매 사고를 겪은 뒤 나는 고독하게 지냈다. 그렇기에 그와의 만남은 긴 여운을 남긴 채 내 마음을 어시럽게 했다. 하지만 너무 고독하고 비참한 상태로 지내고 있었기에 그가 내게 접근한 사실을 기쁘게 생각하지 않을 수 없었다. 그렇더라도 나는 그가 그냥 일시적인 기분으로 내게 말을 걸어온 것이며 나를 곧 잊으리라고 생각했다. 그런데 당혹스럽게도 그가 직접 나의 집을 방문한 것이다.

10월의 어느 저녁이었고 날은 이미 어두워져 있었다. 그는 방문을 노크하더니 마치 예삿일인 양 의례적인 인사말도 생략한 채 바로 용건으로 들어갔다. 나는 그에게 내 노래 악보를 줄수밖에 없었고 그는 곧바로 노래를 부르고 싶다고 했다. 나는 앉아서 반주를 해야 했다. 내 노래가 처음으로 누군가에 의해 불리게 된 것이다. 나는 그의 노래를 들으면서 슬펐고 어느덧 감동했다. 그가 큰소리로 노래하지 않고 마치 자신에게 속삭이듯 부드럽게 노래했기 때문이었다. 내가 어느 잡지에서 보고 베껴놓은 가사는 다음과 같았다.

산 정상에서 거센 바람이 불어와

거대한 산사태가 우르르 소리를 내며 무너져 내릴 때,

오, 신이시여, 그것은 당신의 뜻입니까?

나를 반기는 사람, 나를 알아주는 사람 하나 없이

내가 인간의 대지를 이방인으로 떠돌 때,

오, 신이시여, 그것은 당신의 뜻입니까?

고통은 나의 운명이니 내 마음은 납처럼 무겁도다.

오, 신이 죽었는지 두렵도다!

—그래도 나는 살아야 하는가?

노래하는 투로 보아 그가 그 노래를 좋아한다는 것을 알 수 있었다.

우리는 잠시 말이 없었다. 이윽고 내가 그에게 그 노래에 고 쳐야 할 결점은 없는지 물었다. 그는 날카로운 눈길로 나를 바 라보며 말했다.

"고칠 곳은 한 군데도 없소. 작곡을 잘했는지 못했는지는 모 르겠소. 나는 그런 것에는 문외한이니까. 이 노래에는 체험과 마음이 깃들어 있소. 나는 그저 내가 부르고 싶어지는 노래를 만나서 기쁠 뿐이오."

"하지만 가사는 내가 쓴 게 아닙니다." 내가 선언하듯 말했다.

"그래요? 하지만 그건 아무래도 좋소. 가사는 별로 중요하지 않으니까. 당신은 그런 체험을 한 게 분명하오. 그렇지 않으면 그런 음악을 작곡했을 리가 없지."

나는 며칠 전부터 준비해두었던 사본을 그에게 건네주었다. 그는 그것을 돌돌 말아 외투 주머니에 넣더니 말했다.

"언젠가 내게 한번 찾아오지 않겠소? 당신이 홀로 조용히 지낸다는 것을 알고 있소. 당신을 방해하고 싶은 생각은 없소. 하지만 가끔 좋은 사람과 만나는 게 그다지 나쁜 일은 아닐 거요."

그가 가버리자 그의 마지막 말과 미소가 내 마음에 남았다. 그가 부른 노랫소리와 그 말, 그 미소가 내가 그에 대해 알 수 있는 것의 전부였다. 그에 대해 곰곰 생각하면 할수록 점점 더 모든 것이 명확해졌고 모든 것을 분명히 이해할 수 있었다. 자부와 고립 속에 살아가는 이 사내는 그것을 지켜내려 했지만 한편으로는 그것을 참아낼 수 없었다. 그는 상냥한 눈길을 가진 사람, 조금이라도 이해력이 있는 사람을 찾고 있었던 것이며 그것을 위해서는 자신을 희생할 준비가 되어 있던 것이었다. 당시 나는 그렇게 생각하고 있었다.

하인리히 무오트를 향한 내 감정은 명확하지 않았다. 나는 그의 욕망과 그가 원하는 바를 느낄 수 있었다. 하지만 나를 철저히 이용하고 버릴 수 있는 잔인하고 무자비한 인간일지도 몰라서 두려웠다. 나는 너무 섦었고 사람들과 만난 경험이 거의 없었다. 따라서 그가 왜 그렇게 자신의 벌거벗은 마음을 내게 보여주었는지, 그러면서 어떻게 조금도 부끄러워하지 않을 수 있었는지 이해할 수 없었다. 그때 불현듯 그에 대해 학생들 사이에서 떠돌던 소문이 하나 생각났다. 어떤 여자와의 연애와 그에 관련된 피비린내 나는 사건에 관한 이야기였고 그가 살인인지 자살인지에 연루되어 있다는 소문이었다. 하지만 소문은 그냥 소문일 뿐 확실하게 밝혀진 것은 아무것도 없었다.

나는 부끄러움을 무릅쓰고 내 동료 한 명에게 그 소문의 진상에 대해 물어보았다. 그의 이야기를 들어보니 내가 생각했던 것보다는 훨씬 심각하지 않은 사건이었다. 그가 상류사회의 어느 젊은 부인과 연애를 했으며 2년 전에 그 부인이 자살한 사건이었다. 그리고 조심스럽게 무오트가 그 사건과 연관이 있을 것이라고 짐작들만 했을 뿐 밝혀진 것은 아무것도 없었고 오로지 풍문만이 떠돌 뿐이었다. 아마 그와의 독특한 만남으로 인해 내게 엉뚱한 상상력이 발동되어 그에게 뭔가 공포 분위기를 덧씌운 것 같았다. 어쨌든 그 사건으로 인해 그도 고통을 겪었음이 분명했다.

내게는 그를 찾아갈 용기가 없었다. 하인리히 무오트가 불행한 사람이며 절망에 빠져 있다는 것, 그가 내게 손을 내밀고 있다는 것을 부인할 수는 없었다. 때로는 그의 부름에 응해야 한다, 그러지 않는다면 비열한 놈이다, 라는 기분이 늘기도 했다. 하지만 나는 가지 않았다. 다른 감정이 그것을 가로막고 있었다. 나는 무오트가 내게서 원하는 것을 줄 수 없었다. 나는 그와는 다른 사람이었다. 나도 그처럼 고독하게 지내고 있었고 다른 사람들에게 제대로 이해받지 못하는 사람이었다. 나도 그처럼 운명적으로, 또한 나의 재능으로 인해 다른 사람들에게는 이방인이었다. 하지만 나는 그런 삶에서 빠져나오고 싶지 않았다. 나는 무오트식의 격렬하고 열정적인 삶을 혐오하고 있었다. 나는 그저 조용히 살고 싶었다. 하지만 그는 극장 무대에 서는 사람이었고 모험가였으며 비극적이고 주목받는 삶을 살아야 할 운명을 타고 난 사람이었다. 나는 그런 사람이 내 삶에 끼어드는 것을 용납할 수 없었다. 나는 그저 내가 하고자 하는 일을 묵묵히 해내고 싶을 뿐이었다.

내가 그에게 가지 않자 그가 다시 내게 손을 내밀었다. 그가 내게 선이 굵은 글씨로 편지를 보낸 것이었다.

제3장

친애하는 쿤 씨에게

1월 11일 내 생일에 몇몇 친구들과 함께 조촐한 생일 축하 자리를 갖습니다. 당신을 초대해도 괜찮겠습니까? 이 기회에 당신의 소나타를 들을 수 있으면 좋을 것 같습니다. 어떻습니까? 함께 연주할 친구분이 있는지요? 만일 그렇지 않다면 사람을 한 명 보내드릴까요? 스테판 크란츨이 기꺼이 응할 겁니다. 승낙해주시면 고맙겠습니다.

하인리히 무오트

뜻밖의 일이었다. 아직 아무에게도 알려지지 않은 내 곡을 전문가들 앞에서 연주하다니, 그것도 크란츨과 함께 연주하다니! 부끄럽기도 하고 고맙기도 해서 나는 그의 초대를 받아들였고 이틀이 지나자 악보를 보내 달라고 크란츨이 내게 사람을 보냈다. 그리고 다시 2, 3일 후에 그가 나를 그의 집으로 불렀다. 유명한 바이올리니스트인 크란츨은 아직 젊었고 몹시 야윈 몸매에 얼굴이 창백한 사내였지만 어딘가 대가다운 풍모를 풍기고 있었다.

내가 그의 집 안으로 들어서자마자 그가 말했다.

"아, 당신이 무오트의 친구로군요! 자, 바로 시작합시다. 잘만 맞추면 두세 번이면 될 겁니다."

그는 내 앞에 의자를 놓더니 제2바이올린 악보를 내 앞에 놓았다. 그리고 경쾌하게 연주를 시작했다. 나는 그 옆에서 완전히 굳어버리고 말았다.

"자, 긴장을 풀어요." 그가 연주를 멈추지 않은 채 내게 소리쳤고 나는 겨우 무사히 연주를 마칠 수 있었다.

"보세요, 잘되잖아요. 당신 바이올린이 좀 더 좋은 거였으면 나았을 것을. 자, 한 번 더 해봅시다."

우리는 다시 연주를 시작했고 나의 하찮은 바이올린이 그의 명품과 어울려 소리를 냈다. 연주가 끝나자 나는 용기를 내서 내 작품에 대한 그의 의견을 물었다.

"글쎄요, 그런 건 다른 사람에게 물어봐주시지요. 나는 그런 건 잘 모릅니다. 약간 색다른 면이 있지만 사람들이 좋아할 겁니다. 무오트가 좋다고 했으니 좀 우쭐해도 될 겁니다. 쉽사리 감탄하는 친구가 아니니까요."

그는 연주할 때의 주의 사항을 내게 일러주고 두세 군데 고쳐야 할 부분을 지적해주었다. 이튿날 다시 한번 연습하기로 약속하고 나는 집으로 돌아왔다.

아주 추운 날씨였고 내 친구들은 스케이팅에 열중해 있었다. 리디와 그런 사고를 빚은 지도 벌써 1년이 지나 있었고 그동안 나는 오랫동안 친구들도 만나지 않았으며 특별히 즐거운 일도 없었다. 따라서 비록 큰 기대는 하고 있지 않았지만 무오트의 집에서 갖게 될 저녁 모임을 약간 설레는 마음으로 기다렸다.

마침내 1월 11일이 되었다. 날씨는 겨울답지 않게 포근했고 눈도 녹아 있었다. 마치 대기 중에 봄의 숨결이 감돌고 있는 것 같았다. 나는 하루 종일 흥분과 기대에 휩싸여 거리를 돌아다녔다. 그리고 집으로 돌아와 몇 번이고 내 소나타를 연주해 보고 또 내던지기를 반복했다. 내 작품이 훌륭하다고 여겨져 기쁨에 젖었다가 갑자기 하찮고 지리멸렬한 것으로 여겨져 낭패한 기분에 젖기도 했다. 저녁이 다가오는 것을 내가 기쁜 마음으로 기다리고 있는 것인지, 아니면 두려워하는 것인지 알 수 없을 정도였다.

하지만 어쨌든 저녁은 찾아왔다. 나는 외투를 걸친 다음 바이올린 케이스를 들고 무오트의 집으로 향했다. 그의 집은 변두리 근처, 내가 그 이름도 들어본 적이 없는 황량한 거리에 있었다. 벨을 누르자 사납게 개 짖는 소리가 들리더니 키 작은 노파가 나를 맞이했고, 노파는 내 코트를 받아들고 불이 밝혀져 있는 긴 복도를 지나 안으로 나를 안내했다.

바이올리니스트인 크란츨의 집이 매우 우아했으므로 부유하다는 무오트의 집도 상당히 훌륭하리라고 생각했지만 독신자에게 좀 커 보이는 두 개의 큰 방을 제외하고는 모든 것이 검소해 보였다. 아니, 검소하다기보다는 무질서하게 정리가 안 된 듯이 보였다. 가구들은 매우 낡아서 마치 붙박이처럼 보였고 그 사이로 새로 사온 듯한 가구들이 아무렇게나 널려 있었다. 응접실에는 놋쇠로 만든 샹들리에에 촛불이 밝혀져 있었고 그 불빛 아래 매우 멋진 그랜드피아노가 놓여 있었다.

노파가 안내해준 방으로 들어가니 여러 사람들이 선 채로 이야기를 나누고 있었다. 내가 바이올린 케이스를 내려놓은 다음 인사를 하자 몇몇 사람들이 내게 고개를 까딱하고는 다시 마주 선 사람과 이야기를 나누었다. 나는 어색한 가운데 혼자 서 있었다. 그러자 사람들 사이에 있던 크란츨이 내게로 다가와 악수를 청하더니 친구들에게 나를 소개했다.

"자, 새로운 바이올리니스트를 소개합니다. 바이올린은 가져 왔겠지요?"

이어서 그는 옆방을 향해 큰 소리로 외쳤다.

제3장

57

"어이, 무오트! 소나타 작곡가께서 오셨어!"

그러자 하인리히 무오트가 내게로 다가와 매우 따뜻하게 나를 맞더니 그랜드피아노가 있는 응접실로 데리고 갔다. 내가 응접실로 들어가자 하얀 드레스를 입은 아름다운 여인이 내게 셰리주를 권했다. 그녀는 궁정극단의 여가수였다. 나는 놀랐다. 그녀를 제외하고는 궁정극단의 동료는 아무도 초대하지 않았고 더욱이 여자라고는 그녀 한 명뿐인 때문이었다.

나는 반쯤은 당황해서, 반쯤은 축축한 밤길을 걸어온 뒤라서 셰리주를 단숨에 들이켰다. 그러자 그녀는 내가 사양하는데도 불구하고 한 잔을 더 따라주었다.

"자, 더 드세요. 이 정도는 괜찮을 거예요. 음악이 끝난 다음에 음식을 들 거거든요. 바이올린은 가져오셨지요? 그리고 소나타 악보도?"

당황한 나는 그렇다고 수줍게 대답했다. 그녀가 무오트와 어떤 관계인지는 알 수 없었다. 그녀는 이 집의 안주인 역할을 하고 있는 것 같았다. 그녀는 매우 매력적이었다. 뒤에 알게 된 사실이었지만 나의 새로운 친구는 대단한 미인과만 교제를 했다.

그사이 모든 사람들이 음악실로 모였다. 무오트가 악보대를 세웠고 모두들 자리에 앉았다. 나는 크란츨과 함께 연주를 시작했다. 나는 기계적으로 연주했고, 내가 듣기에도 연주가 형편없는 것 같았다. 가끔, 내가 지금 크란츨과 함께 연주를 하고 있다, 저기 내로라하는 전문가들이 내 음악을 듣고 있다, 라는 의식이 번개처럼 나를 스치고 지나갔다. 론도를 연주하면서 비로소 크란츨의 훌륭한 연주 소리가 내 귀에 들어왔지만 나는 여전히 부끄러워하고 있었고 음악에 녹아들지 못한 채 계속 딴 생각만 하고 있었다.

이윽고 연주가 끝났다. 아름다운 여인이 자리에서 일어나더니 나와 크란츨에게 악수를 청한 다음 조금 작은 방으로 통하는 문을 열었다. 그곳에는 꽃과 포도주가 놓여 있는 가운데 식사 준비가 되어 있는 식탁이 우리를 기다리고 있었다.

수프를 먹은 후 음식이 나오자 클란츨이 와인 잔을 들고 건배하며 주인의 생일을 축하하는 축사를 했다. 그의 축하의 말이 끝나자 무오트가 일어나서 말했다.

"크란츨, 자네 축사에 내가 답사라도 하리라고 기대하는 건 아니겠지? 다만 나는 우리 젊은 친구의 소나타에 감사할 뿐이네. 대단한 작품이야. 아마 자네는 나중에 그의 작품들을 연주하면서 즐거워하게 될 걸세. 자네는 뛰어난 소나타 연주자니까, 이 젊은이가 자네에게 작품을 주게 될 거야. 자, 작곡자를 위해,

그리고 그와의 좋은 우정을 위해 건배합시다!"

모두 잔을 부딪쳤고 웃으면서 나를 약간 놀려댔다. 곧이어 몇 잔의 맛있는 와인 덕에 분위기가 고조되었고 나도 그 분위기에 젖어들었다. 1년 동안 이런 분위기에 어울려본 것은 처음이었다.

손님들은 식사를 마치자마자 다시 응접실로 들어갔고 그곳에서 삼삼오오 모여 와인을 마시며 담배를 피웠다. 나는 별로 말이 없는 남자 한 명과 여배우, 그리고 무오트와 함께 구석에 앉아 있었다. 그 사람이 내 소나타에 대해 훌륭하다고 칭찬하자 무오트가 입을 열고 내게 말했다.

"나는 당신 사건에 대해 알고 있어요." 이어서 그는 여배우 쪽으로 고개를 돌리고 말했다.

"이 사람은 썰매를 타다가 다리를 부러뜨렸어. 어떤 예쁜 여자를 사랑해서 그렇게 된 거지."

이어서 그는 다시 나를 보며 말했다.

"아름다운 일이요. 한 여자를 향한 사랑이 절정에 달했을 때, 아직 그 사랑에 때가 묻지 않았을 때 산에서 썰매를 타고 내려온다는 것은……. 다리 하나쯤은 희생할 만한 일이지." 그는 웃었다. 하지만 잔을 비운 다음 다시 우울하고 사색에 잠긴 듯한 표정이 되더니 내게 물었다.

"왜 작곡에 흥미를 갖게 되었소?"

나는 내가 아주 어렸을 때 음악에 반했던 이야기, 지난여름 산에서 벌어진 일, 내가 소나타를 작곡할 때의 이야기를 그에게 들려주었다.

"잘 알았소." 그가 천천히 말했다. "그런데 작곡이 왜 당신에게 기쁨을 준다는 거요? 슬픔을 악보 위에 직접 표현할 수도 없으며 그 슬픔에서 벗어날 수도 없는 법인데."

"내가 원하는 것은 그게 아닙니다. 나는 슬픔을 곁으로 밀어내거나 없애고 싶은 생각이 없습니다. 다만 나약함이나 위축감에서 벗어나고 싶을 뿐입니다. 나는 괴로움과 기쁨은 한 뿌리에서 나오며 같은 힘의 작용이라는 것, 둘 다 음악의 중요한 부분을 이룬다는 것을 느끼고 싶을 뿐입니다. 괴로움과 기쁨, 둘 다 아름답고 둘 다 근본적입니다."

그러자 그가 격하게 외쳤다.

"오, 대단하시군! 하지만 당신은 다리를 잃었어요! 그래, 음악으로 그걸 잊을 수 있단 말이요?"

"아니요. 어떻게 잊을 수가 있겠어요. 그건 무엇으로도 치유할 수 없어요."

"그런데도 절망하지 않는단 말이요?"

"물론 유쾌하지는 않지요. 그건 분명합니다. 하지만 그 때문에 절망하지는 않습니다."

"당신은 행운아로군. 하지만 나는 내 다리를 그 행운과 바꾸고 싶지는 않아. 그렇다면 당신은 음악에 대해서도 같은 기분이란 말이로군. 마리안, 우리가 책에서 무수히 읽은 바 있는 예술의 기적이 바로 우리 눈앞에 있군."

"그런 식으로 말하지 말아요!" 나는 화가 나서 외쳤다. "당신은 봉급만을 위해서 노래하는 게 아니잖습니까! 그것이 당신에게 기쁨과 만족을 주는 원천이기 때문이지. 당신은 나를 비웃으면서 당신 자신을 비웃고 있어요. 그건 잔인한 짓입니다."

"쉿! 조용히 해요." 마리안이 말했다. "이 사람, 화내겠어요."

무오트는 나를 바라보며 말했다.

"아니, 화내지 않을 거야. 이 사람 말이 옳아. 정말이야. 하지만 당신은 당신의 다리 때문에 그다지 괴로워하지 않고 있어. 그렇지 않다면 음악이 당신에게 위안이 될 리 없지. 당신은 무엇이든 만족하고 받아들이는 사람이야. 당신에게 어떤 일이 벌어지건 당신은 만족해할 거야. 하지만 나는 그런 건 믿지 않아."

그는 자기 말에 취한 듯 벌떡 일어나더니 계속 외쳤다.

"그건 사실이 아니야! 당신은 어쨌든 눈사태에 관한 노래를 작곡했어! 그건 위안도 아니고 만족도 아니야! 그건 절망이야! 자, 들어보라고!"

그는 갑자기 피아노 앞에 앉았다. 일순 방 안이 정적에 휩싸였다. 그는 연주를 시작했다. 그는 흥분했는지 실수를 연발하더니 전주를 건너뛰고 곧바로 노래를 불렀다. 내 집에서 부르던 것과는 사뭇 다른 방식이었다. 나는 그가 우리 집을 방문한 그날 이후 몇 번이나 그 노래를 반복해서 연습했음을 알 수 있었다. 그는 무대에서 들을 수 있는 풍성한 바리톤 음성으로 노래했다. 목소리에 담겨 있는 힘과 격렬한 감정 덕분에 그 노래에 한결같이 담겨 있는 비통함을 잊게 해주었다.

노래가 끝나자 무오트가 손가락으로 나를 가리키며 격렬하게 외쳤다.

"이 사람은 이 노래를 순전히 즐거움을 위해 썼다고 합니다. 그는 절망이라고는 모르며 자신의 운명에 대해서 만족하고 있어요!"

나는 부끄러움과 분노로 눈물을 흘리고 있었다. 모든 것이 안개 속인 양 흐릿했고, 나는 이 모든 것을 끝장내기 위해 집으로 돌아가려고 자리에서 일어났다.

그러자 부드러우면서도 억센 힘이 나를 잡더니 다시 안락의 자에 앉혔다. 그러고는 내 머리를 부드럽게 만져주었다. 나는 눈을 감고 있었다. 눈물을 참을 수 없었다. 고개를 들어보니 하인리히 무오트가 내 앞에 서 있었다.

"당신은 어린아이야." 무오트가 말했다. "이런 노래를 쓴 사람이라면 그런 일들은 다 초월해 있을 거야. 어쨌든 미안하게 됐소. 내가 좋아하는 사람을 만났는데 이렇게 시비를 걸어버렸으니!"

나는 당황해서 말했다.

"괜찮아요. 어쨌든 이제 가봐야겠어요."

"좋아요. 무리하게 붙잡지는 않겠소. 우리들은 남아서 진탕 마실 겁니다. 참, 부탁이 하나 있소. 마리안을 데려다주지 않겠소? 시내 쪽에 살고 있으니 당신이 길을 돌아가지 않아도 될 거요."

아름다운 여인은 호기심이 어린 눈으로 그를 잠시 바라보더니 나를 보며 말했다.

"그래주시겠어요?"

"기꺼이."

우리는 자리에서 일어나 무오트에게 작별 인사를 하고 밖으로 나왔다.

밖으로 나오자 그녀가 나를 부축해주려는 것 같아 나는 뿌리치며 말했다.

"그럴 필요 없습니다. 혼자서 걸을 수 있습니다."

그러자 그녀는 가볍게 팔짱을 끼며 말했다.

"당신, 아직 무오트에게 화가 나 있군요. 그를 잘 몰라서 그래요. 그이가 노래하는 걸 들어보셨지요? 그는 난폭하고 잔인해요. 하지만 그 분노는 대개 자기 자신을 향한 거예요. 그는 격정적인 사람이에요. 그는 힘이 넘치지만 그에게는 목표가 없어요. 그는 매 순간 이 세계라는 술잔을 다 들이켜려고 해요. 그런데 자기가 가진 것, 자기가 하는 일은 언제나 겨우 한 방울에 지나지 않는다고 생각해요. 그는 술을 마셔도 취하지 않고, 여자를 사랑해도 행복해하지 않아요. 그는 훌륭하게 노래를 부르면서도 예술가가 되는 것은 원치 않아요. 그는 자기가 좋아하는 사람이 있어도 상처만 주고 행복한 사람은 모두 경멸하는 척해요. 하지만 그건 바로 자기 자신을 향한 증오일 뿐이에요. 그 어떤 것도 자신을 행복하게 해주지 못하니까요. 그는 그런 사람이에요. 그 사람은 오늘 당신에게 최고의 애정을 보여준 거예요."

나는 완강하게 침묵을 지켰다. 그러자 그녀가 다시 말을 이었다.

"당신에게는 그 사람이 필요 없을지도 몰라요. 당신에게는 다른 친구들이 있겠지요. 하지만 누군가 고통을 겪고 있고 그 고통 때문에 사납게 행동한다면 그 사람을 너그럽게 용서해주어야 해요."

나도 그녀의 말에 동의했고, 그녀의 말을 곰곰 되씹어볼수록 내가 어리석었다는 생각이 들었다. 그리고 용서를 빌어야 할 사람은 바로 나라는 생각이 들었다. 그때 내 바이올린을 무오트의 집에 두고 온 것이 생각났다. 그리고 퍼뜩 정신이 들면서 오늘 있었던 모든 일이 갑자기 놀라운 일로 여겨졌고, 그 모든 것에 대해 두려움을 느꼈다. 그리고 모든 것이 달리 보이기 시작했다.

저 하인리히 무오트도, 바이올리니스트 크란츨도, 그리고 여왕 역을 맡았던 아름다운 마리안도 모두 그들이 차지하고 있던 높은 자리에서 내려왔다. 그들은 저 높은 올림포스산에 살고 있는 신이나 성자들이 아니었다. 그들도 인간일 뿐이었다. 어떤 사람은 키가 작고 익살스러웠으며 또 어떤 이는 불안해하고 자존심이 강했고, 무오트는 어리석게도 자신을 괴롭히며 흥분해 있고 또 이 매력적인 여인은 아무런 기쁨도 느낄 줄 모르는 우울하고 격정적인 남자의 연인이었기에 애처롭고 불쌍했으며 그럼에도 불구하고 여전히 친절하고 그 고통에 익숙해 있다.

나 자신도 변한 것 같았다. 나는 더 이상 혼자가 아니라 모든 것에서 좋은 점과 나쁜 점을 동시에 보고 있는 많은 사람들의 일부분이 된 것 같았다. 나는 내가 이제껏 삶을 제대로 이해하지 못하고 있었다는 사실에 부끄러웠다. 그리고 내 젊은 시절 처음으로, 우리는 그 누군가는 증오하고 다른 사람은 사랑하면서, 한 사람은 존경하고 다른 사람은 경멸하면서 단순하게 우리의 삶을 살아갈 수 없다는 것이 분명하게 보이기 시작했다. 이 모든 것들은 뒤섞여 함께 존재하고 있으며 분리할 수 없고, 구별할 수도 없다는 것을 분명히 알게 되었다.

드디어 우리는 그녀의 집 앞에 다다랐다. 그녀는 내게 손을 내밀었고 나는 살며시 그 손을 쥐고 입을 맞추었다.

"안녕히 주무세요." 그녀는 다정하게 말했지만 웃지는 않았다.

나도 그녀에게 예를 갖춰 인사하고 집으로 돌아와 잠자리에 들었다. 집으로 어떻게 돌아왔는지 도무지 기억이 나지 않았다. 나는 곧 잠이 들었고 다음 날은 전에 없이 늦잠을 잤다. 그리고 바이올린을 무오트의 집에 두고 온 것이 다시 생각났다.

제3장

67

일을 하려고 했으나 바이올린이 없었다. 나는 밖으로 나왔다. 처음에는 망설였지만 이윽고 마음을 정하고 어제 왔던 방향을 되짚어 무오트의 십으로 갔다. 성원 문에서부터 그의 노랫소리가 들려왔다. 개가 짖으며 달려들었지만 때맞춰 나온 노파가 개를 끌고 간 다음 나를 안으로 안내하려 했다. 나는 그녀에게 바이올린을 가지러 왔을 뿐 주인을 번거롭게 하고 싶지 않다고 말했다. 바이올린 케이스는 곁방에 있었고 그 안에 바이올린과 함께 악보도 들어 있었다.

그때 옆방에서 무오트의 노랫소리가 들렸다. 내가 모르는 노래였다. 아마 배역을 맡은 노래를 연습하고 있는 것 같았다. 나는 내 물건을 들고 나오려 했다. 마음은 이미 안정되어 있었기에 지난밤의 기억으로 동요되지는 않았다. 하지만 그의 모습을 한번 보고 그도 달라졌는지 알아보고 싶었다. 나는 문으로 다가갔고 아무 생각 없이 손잡이를 돌렸으며 어느새 열린 문 앞에 서 있게 되었다.

무오트가 노래를 부르며 뒤돌아보았다. 무오트는 방금 목욕을 마친 듯 길고 하얀 셔츠 차림이었다. 무오트는 내가 그렇게 갑자기 나타난 것에 대해서도, 그가 그런 옷차림으로 나를 만나게 된 것에 대해서도 별로 개의치 않는 것 같았다. 그는 마치 지극히 정상적인 일이라는 듯 내게 악수를 청하며 물었다.

"아침 식사는 했소?"

내가 그렇다고 대답하자 그는 피아노 앞에 앉았다.

"내가 이 역할을 해야 해요! 아리아지요. 뷔트너와 두엘리 양과 함께 궁정 오페라에서 공연합니다. 당신은 흥미가 없을 거요. 사실은 나도 재미가 없거든. 그래, 기분은 좀 풀렸소? 어제화가 난 것 같던데. 자, 그런 이야기는 그만하고 단도직입적으로 말합시다. 작곡을 몇 곡 더 한 다음 그 곡을 내게 줘요. 봄이면 난 계약을 해지하고 이곳을 떠날 거요. 장기 휴가를 얻을 작정이지. 그동안 두세 번 음악회를 가질 예정인데, 일반인들에게잘 알려지지 않은 곡을 노래할 생각이오. 그 「눈사태」 같은 곡두서너 곡이면 좋을 것 같은데, 어떻소?"

무오트가 대중들 앞에서 내 곡을 노래하다니! 마치 나의 미래의 문이 열리고 그 문을 통해 찬란한 빛이 들어오는 것 같았다. 하지만 바로 그 때문에 나는 신중해졌다. 무오트의 호의를남용하고 싶지 않았고 또 그에게 너무 묶이고 싶지 않았다. 마치 그가 억지로 나를 가까이 끌어당겨 나를 현혹시키고 제압하려 하는 것 같았다. 나는 냉정하게 말했다.

"생각해보겠습니다. 정말 고마운 말씀입니다만 아무 약속도

해드리지 못하겠습니다. 졸업도 다가오고 있고 성적에나 신경을 써야 할 처지입니다. 장차 작곡가의 길을 걷게 될 것인지도 불분명합니다. 우신은 바이올리니스트로서 일자리를 빨리 얻으려 애써야 합니다."

"아, 그런 거야 댁 자유지요. 하지만 그렇다고 노래 한두 곡 작곡해서 내게 주지 않을 이유는 없잖소?"

"물론 그렇습니다. 하지만 왜 내게 그렇게 흥미를 가지시는지 알 수가 없군요."

"내가 두렵소? 나는 단지 당신의 노래가 좋을 뿐이오. 당신 노래를 부르고 싶다는 기대에 차 있을 뿐이지. 순전히 내 이기심일 뿐이오."

"좋습니다. 그렇다면 어제 왜 내게 그런 말을 한 겁니까?"

"아, 당신 아직 화가 나 있군. 내가 도대체 무슨 말을 했지? 하나도 기억이 안 나는데……. 당신에게 못되게 굴 생각은 전혀 없었소."

"하지만 실제로는 그랬어요. 나 자신도 생각하고 싶지 않은 일을 끄집어냈고, 심지어 내 불구까지 비웃었어요."

그러자 하인리히 무오트가 천천히 말했다.

"좋아요, 좋아. 사람은 각양각색인 법이니까. 어떤 사람은 진실을 말해주면 화를 내고, 또 어떤 사람은 아무 말도 해주지 않는다고 못 참아내기도 하니까. 당신은 내가 당신을 점잖게 대해주지 않았다고 화를 낸 것이고 나는 당신이 당신의 본심을 숨기고 예술에 대한 빤한 명언이나 되뇌고 있어서 화가 난 거요. 아니, 내가 당신을 좋아한다는 걸 눈치채시 못했단 밀이요? 어쨌든 당신은 예의 바른 사람이니 옷을 갈아입고 오겠소."

잠시 후 그가 옷을 차려입고 나타나더니 내 의견은 묻지도 않고 "자, 밖에 나가 식사나 합시다"라고 말하면서 앞장섰다. 나는 그를 따라 밖으로 나올 수밖에 없었다. 그의 태도가 눈에 거슬리기는 했지만 감동을 주는 면이 있었다. 그는 나보다 개성이 강했다. 그와 동시에 대화나 행동거지는 변덕스러우면서 어린아이처럼 순진했다. 바로 그 때문에 그는 매력이 있었고 나는 그와 어울릴 수 있었다.

그 뒤로 나는 무오트와 자주 만났다. 그는 곧잘 내게 오페라 입장권을 주기도 했으며 가끔 자기 집에 와서 바이올린 연주를 들려달라고 청하기도 했다. 그의 모든 것이 내 마음에 든 것은 아니었지만 그는 거의 모든 내 행동을 좋게 받아들였다. 그리하여 그와 나 사이에는 우정이 싹텄다. 당시 내가 가진 유일한 우정이었으며 그가 그곳을 떠나면 어떻게 하나 걱정할 정도가 되었다. 실제로 그는 이미 사직서를 제출했고 수많은 만류와 권유가 있었지만 뜻을 굽히지 않았다. 그는 가을쯤이면 큰 극장에서 자신의 자리가 날 것이라고 내게 귀띔하기는 했지만 확정된 것은 없었다. 그사이 봄이 왔다. 어느 날 나는 무오트의 집에서 열린 마지막 저녁 파티에 참석했고, 그의 배웅을 받고 그의 집을 나서면서 나는 어둡고 변덕스럽고 거만한 이 사나이를 내가 정말로 사랑하고 있음을 똑똑히 알 수 있었다.

이제 내가 떠날 날도 다가왔다. 나는 내가 마음속에 친밀하게 간직해야 할 장소들과 사람들을 찾아갔다. 또한 나는 다시 한번 언덕으로 올라가 내가 결코 잊을 수 없는 그 비탈길을 내려다보았다.

그런 후 나는 미지의, 권태로운 미래가 기다리고 있을 것이 분명한 고향을 향해 떠났다. 내게는 아무 일자리도 없었으며 단독으로 콘서트를 열 수도 없었다. 그런데 집에 도착하고 보니 끔찍하게도 서너 명의 아이들이 내게서 바이올린 레슨을 받기 위해 기다리고 있었다.

물론 부모님도 나를 기다렸다. 부모님은 부유했기에 당장 내가 무슨 일인가 하기를 원하지도 않았고, 또한 장차 내가 어떻게 될 것인지 재촉하거나 묻지 않을 정도로 이해심이 많았다. 하지만 나는 애당초 내가 고향에서 오래 견디지 못하리라는 것을 잘 알고 있었다.

내가 고향에서 보낸 열 달 동안에 대해서는 별로 이야기할 만한 것이 없다. 그사이 나는 세 명의 아이들에게 바이올린 레슨을 해주었으며, 솔직히 말하자면 별로 불행하지도 않았다. 이곳에도 사람들이 살고 있었으며 무슨 일이 일어나기는 했다. 하지만 그 모든 사람, 그 모든 일에 대해 나는 그저 의례적인 호의만 보였을 뿐 완전히 무관심했다. 그 어느 것도 내게 스며들지 않았고 나를 끌어들이지 못했다. 그러나 그 덕분에 오로지 음악에만 더 몰두할 수 있었다.

그사이 내 속에 파묻혀 있던 음악의 샘이 전에 산에 있었을 때보다 더 힘차고 풍성하게 솟아 나왔다. 부질없는 꿈이나 꾸면서 낭비해버린 것 같았던 세월의 열매가 어느덧 익어서 조용히 하나씩 땅에 떨어졌다. 그 열매들은 더없이 감미로웠고 향기와 광택을 뿜내고 있었으며 거의 감당하기 어려울 정도로 풍요롭게 나를 둘러쌌다. 나는 조심스럽게 의심의 눈초리를 던지며 그 열매들을 거둬들였다. 한 곡의 노래로 시작되어 바이올린 환상곡으로 이어졌고 현악 4중주가 되었다. 그리고 이어지는 몇 달 동안 노래 두서너 곡을 더 작곡했고 교향곡에 대한 구상이 떠올랐으며 나는 그것이 출발이며 시도에 불과할 뿐이라고 생각했다. 내심 나는 거대한 심포니를 생각하고 있었고 심지어 우쭐한 마음이 들 때면 오페라를 구상하기도 했다. 그동안 나는 가끔 교수의 추천장을 동봉해서 지휘자나 극장 앞으로 정중한 편지를 보내어 바이올리니스트 자리가 비면 나를 기억해달라고 요청하기도 했다. 가끔 정중한 거절의 편지가 올 때도 있었지만 아예 답장이 오지 않는 경우가 더 많았고 나는 직장을 구할 수 없었다. 하지만 나는 다시 작곡에 몰두하며 그 모든 것을 잊었다.

일에 몰두해 있는 기간에 벌어진 일은 이야기할 것이 별로 없는 법이다. 일을 하는 사람의 생활은 권태롭다. 하지만 게으른 자들의 활동이나 운명은 재미있는 법이다. 그 시절에 내게 벌어진 일들이 내 기억 속에 풍요롭게 남아 있지만 나는 그에 대해 아무것도 이야기할 수 없다. 나는 통상적인 사회생활의 밖에 있었기 때문이다. 다만 내가 잊을 수 없는 한 사람과 가까이하게 된 순간이 있었다. 그는 로에라는 이름의 학창 시절 선생이었다.

늦가을 무렵 어느 날 나는 산책을 나갔다. 시내 남쪽에 소박한 별장 지대가 새로 조성되어 있었다. 부자들이 사는 곳이 아니라 소소한 수입으로 살아가는 중산층 사람들이 살고 있는 아담한 집들이었다. 어떤 젊은 건축가가 매력적인 집들로 이루어진 별장 지대를 조성했다는 소문을 듣고 한번 가보고 싶던 곳이었다.

포근한 오후였다. 여기저기서 사람들이 철 늦은 호두를 흔들어 따고 있었고 정원이 딸린 아담한 집들이 보기 좋게 늘어서 있었다. 나는 상쾌한 전원 길을 천천히 걸어가면서 문마다 걸려 있는 작은 놋쇠 문패에 자신도 모르게 눈길을 주고는 거기 적힌 주인의 이름을 읽었다.

그중 하나에서 '콘라트 로에'라는 이름을 발견하고 왠지 친숙하다는 느낌이 들었다. 나는 멈춰 서서 잠시 생각해보았다. 그러자 중고등학교 시절 고전 문법 선생의 이름이 바로 로에였다는 것이 생각났다. 그러자 옛 시절이 회상되었고 당시 선생들과 친구들의 얼굴이, 그들과 함께 겪은 일들이 눈앞에서 주마등처럼 스쳐 지나갔다. 내가 그렇게 웃으며 놋쇠 문패를 바라보며 서 있는데 바로 옆 구즈베리 덩굴 근처에서 허리를 굽혀 일하고 있던 사람이 몸을 일으키더니 내게 다가와 나를 바라보며 물었다.

"무슨 일이지요?"

바로 우리가 로엔그린이라고 불렀던 그 선생이었다.

"아닙니다." 나는 모자를 들어 올리며 말했다. "여기 사시는 줄 몰랐습니다. 전에 선생님 제자였습니다."

그는 유심히 나를 바라보더니 내 지팡이를 보고 잠시 생각에 잠겼다가 내 이름을 불렀다. 내 얼굴을 보고 기억해낸 것이 아니라 지팡이를 보고 기억해낸 것이 분명했다. 그도 나에 대한 소문을 들어서 알고 있었던 것이다. 그는 나를 안으로 들어오라고 청했다.

그는 소매를 걷어붙인 채 녹색 원예용 앞치마를 두르고 있었다. 별로 나이를 더 먹은 것 같지도 않았고 신수도 훤했다. 그는 깨끗하고 아담한 정원을 지나 옥외 베란다로 나를 안내했다.

"처음에는 전혀 알아보지 못했네." 그가 솔직하게 말했다. "어때, 나에 대해서는 좋은 기억만 간직하고 있으면 좋겠는데……."

"꼭 그렇지만은 않은데요." 나는 웃으며 말했다. "제가 하지도 않은 짓을 갖고 저를 야단치셨거든요. 제가 결백하다고 항의를 했더니 거짓말이라고 하셨잖아요. 고등학교 1학년 때 일입니다."

게르트루트

76

그가 당혹한 표정으로 나를 바라보았다.

"그걸로 나를 비난하지 말게. 암튼 미안하네. 선생이 아무리 좋은 의도를 갖고 있어도 부당한 짓을 저지르게 되는 경우가 많아. 자네보다 훨씬 심한 경우도 많이 알고 있지. 실은 내가 학교를 그만둔 것도 그 때문이라네."

"아니, 교직을 떠나셨습니까?"

"꽤 오래되었어. 병에 걸렸었는데 회복되니까 사직하고 싶은 생각이 들더군. 좋은 선생이 되려고 했는데 뜻대로 안 된 거야. 천직으로 타고나야 되는 건가 봐. 그만두고 나니까 기분이 더 좋아."

그는 정말 행복해 보였다. 나는 그에 대해 더 묻고 싶었지만 그가 곧 내 이야기를 듣고 싶어 해서 나는 내 신상에 대해 들려주었다. 그는 내가 음악가가 된 것을 별로 마음에 들어 하지 않는 눈치였다. 하지만 내가 겪은 불행에 대해서는 내 마음이 상하지 않을 정도로 크게 동정했다. 그는 내가 어떤 식으로 위안을 찾아냈는지 알고 싶어 했고 나는 가능한 한 솔직하게 대답했다. 그러자 그는 좀 야릇한 몸짓을 하면서 약간은 주저하는 듯, 하지만 거리낌 없이 자신이 위안 방법을 알고 있다고, 그런 종류의 위안을 열심히 구하는 사람이라면 누구에게나 그 길이 열려 있다고 말했다.

나는 나름대로 짐작하고 그에게 말했다.

"알겠습니다. 기독교 성경을 말씀하시는 거지요?"

로에 선생은 약간 심술궂은 웃음을 띠고 말했다.

"성경? 좋지. 깨달음에 이르는 길이지. 하지만 깨달음 자체는 아니라네."

"깨달음 자체라니요? 그런 게 있습니까?"

"원한다면 자네도 쉽사리 찾을 수 있다네. 그 원칙을 일러주는 책을 자네에게 주겠네. 자네 카르마(업[業])의 원칙에 대해 들어본 적 있나?"

"카르마요? 아뇨. 그게 뭐지요?"

"내, 보여주지. 잠시 기다리게."

그는 나를 두고 떠나더니 꽤 시간이 지난 후에 돌아왔다. 그는 눈을 빛내며 내게 책을 한 권 내밀었다. 표지 한가운데 신비스러운 상징이 그려져 있었고 『초심자를 위한 신지학 입문』이라는 제목이 붙어 있었다.

"이걸 가지고 가게." 그가 말했다. "원한다면 가져도 좋아. 공부를 더 하고 싶다면 다른 책들도 빌려주겠네. 이 책은 입문서일 뿐이니까. 나는 매사 신지학(神智學)의 가르침에 의존하고 있네. 그 덕에 육체도 정신도 건강해졌지. 자네도 그렇게 되길 바라네."

나는 그 작은 책을 받아 주머니에 넣었다. 길가까지 나를 배웅해준 선생은 언제고 다시 찾아오라고 말했다. 선생의 얼굴은 선량하고 행복해 보였으며 선생이 권하는 대로 해보아도 아무런 해가 될 것 같지 않았다. 나는 작은 책을 호주머니에 넣은 채 저렇게 행복한 곳에 이르는 첫걸음은 어떤 것일까 궁금해하며 집으로 돌아왔다.

나는 이삼일이 지나서야 그 오솔길을 향해 첫걸음을 옮길 수 있었다. 집으로 돌아오는 길에 새로운 악상(樂想)이 강렬하게 나를 유인했고 이삼일 동안 그 속에 뛰어들어 작곡과 연주에 몰두했던 것이다.

오솔길에 발을 들여놓았지만 길을 찾기란 쉽지 않았다. 그 작은 책은 내 앞에서 거대하게 부풀어 오르더니 마침내 도저히 불가해한 것이 되었다. 그 책은 서문에서부터 독자들에게 지혜에 이르는 여러 다양한 길들을 소개하고 있었으며 깨달음과 내적 완성에 자유롭게 이를 수 있는 신지학적 형제애에 대하여 매력적으로 서술하고 있었다. 그 신지학적 형제애 내에서 모든 신앙은 다 존중받을 수 있으며 빛에 이르는 길은 그 어떤 길이

건 모두 다 환영받을 수 있다는 내용이었다.

그 뒤를 우주론이 잇고 있었지만 나는 이해할 수 없었다. 그 우수론에서 세계는 여러 평면들로 구분되어 있었으며 역사노 내가 알 수 없는 생소한 이름으로 구분되어 있었다. 그리고 그 역사 안에는 침몰한 나라인 아틀란티스도 포함되어 있었다. 나는 이해하기 어려운 그 부분을 넘기고 재생(再生)에 관한 교리가 나와 있는 다음 장(章)을 읽기 시작했다. 그 장은 비교적 이해하기 쉬웠다. 하지만 그것이 신화나 시적인 우화일 뿐인지 아니면 문자 그대로 사실로 받아들여야 하는 내용인지 명확하지 않았다. 책에서는 후자라고 주장하고 있는 것 같았지만 나는 납득하기 어려웠다.

마침내 카르마의 가르침이 나왔다. 내가 보기에는 자연과학에서의 인과율을 종교적으로 해석한 것 같았고 내게 어느 정도 매력적으로 여겨졌다. 그리고 기타 여러 가지 내용들도 읽었다. 책을 읽으면서 나는, 이 가르침들은 그 가르침을 전적으로 문자 그대로 받아들이는 사람들, 그것을 진리라고 믿는 사람들에게만 위안이 되고 가치가 있다는 것을 금세 알 수 있었다. 예컨대 나처럼 이 책의 내용을 어떤 부분은 아름다운 문학적 표현으로, 또 어떤 부분은 복잡한 상징이나 이 세상에 대한 신화적 설명으로 이해하는 사람은 이 책에서 그 무언가 지식을 얻고 이 책을 존중할 수는 있어도 세상을 사는 방법을 배우거나 살아가는 힘을 얻을 수는 없었다. 그런 사람들은 존경할 만한 신지학자는 될 수 있을지 모른다. 하지만 최후의 위안은 별다른 의심 없이 단순하게 그 믿음을 받아들이는 사람에게만 올 수 있는 법이다. 따라서 이 책의 가르침이 당시의 내게는 도움이 되지 못했다.

그럼에도 불구하고 나는 로에 선생을 이후로도 여러 번 더 찾아갔다. 12년 전에 그와 나는 그리스어를 놓고 둘이 서로 애를 태웠다. 그런데 지금 그는 그때와는 전혀 다른 방법으로 나의 선생이 되어 나를 인도하고 있었다. 하지만 그때와 마찬가지로 성공을 거두지는 못했다. 우리는 절친한 사이가 되지는 못했지만 나는 그를 자주 찾아갔다. 한동안 그는 내 삶의 중요한 문제에 대한 유일한 의논 상대였던 것이다. 나는 그와의 대화가 별로 가치가 없으며 기껏해야 그럴듯한 교훈을 얻는 정도에 불과하다는 것을 분명히 자각하고 있었다.

하지만 나는 그를 만나면 마음이 안정되었으며 그를 존경할 만한 사람으로 생각하고 있었다. 그는 교회와 과학으로부터 냉정하게 버림받은 채 인생의 후반기에 대단히 흥미로우면서 난

해한 교리에 대한 순진한 믿음 속에서 평화와 영광을 찾은 한 명의 독실한 신앙인이었다.

내가 무수히 노력했음에도 불구하고 그 길은 지금까지 내게 열리지 않았다. 그러나 나는 자신의 믿음에 충실한 경건한 사람들, 평화로운 영혼으로 가득 차 있는 사람들은 그들이 누구건 찬탄을 금치 않는다. 하지만 그들은 그들을 향한 나의 찬탄에 같은 식으로 응할 수 없다.

제4장

경건한 신지학자이며 과수 재배자인 로에 선생의 집을 자주 찾아다니던 그 기간에 나는 출처 불명의 소액 우편환을 받았다. 북부 독일의 저명한 콘서트 대행 업자가 보낸 것으로서 나는 그와는 일면식도 없었다. 편지로 문의한 결과 답장이 왔다. 하인리히 무오트의 의뢰로 보냈다는 것이었다. 그가 여섯 차례에 걸쳐 내가 작곡한 곡을 콘서트에서 노래했고 그 우편환은 그 저작권료였던 것이다.

나는 무오트에게 고맙다고 편지를 썼고 자세한 소식을 좀 알려달라고 했다. 나는 무엇보다 내 노래에 대한 콘서트에서의 반응에 대해 알고 싶었다. 나는 상세하게 요즘의 내 근황에 대해 적은 뒤에 노래 한 곡도 동봉했다. 하지만 몇 주가 지나도록 그에게서 답장이 없었기에 나는 그 일에 대해서는 까맣게 잊은 채, 마치 꿈속에서인 양 내게 마구 떠오르는 음악을 작곡하느라 여념이 없었다. 그런 와중에 드디어 무오트로부터 편지가 날아들었다.

친애하는 쿤 씨에게,
나는 편지를 잘 쓸 줄 몰라서 당신 편지에 답장을 못 했습니다. 뭐라고 답을 해야 할지 알 수 없었습니다. 하지만 이제 당신에게 실질적인 제안을 할 수 있게 되었습니다. 나는 지금 이곳 R시의 오페라하우스에서 활동하고 있습니다. 당신도 이곳으로 올 수 있다면 기쁘겠습니다. 우선 여기서 제2바이올리니스트 자리를 얻을 수 있습니다. 오케스트라 지휘자는 좀 거칠긴 해도 똑똑하고 솔직한 사람입니다. 곧 그 사람 앞에서 당신 작품을 연주할 기회가 있을 겁니다. 이곳에는 실내악단도 있습니다. 당신 가곡들에 대해서도 해줄 말이 있습니다. 어떤 출판업자가 당신 가곡집을 출판하고 싶어 합니다. 어휴, 편지 쓰는 게 왜 이리도 힘든지! 그냥 당신이 이리로 오는 게 좋겠습니다. 빨리 와주기 바랍니다. 일자리에 대해서는 어떻게 생각하는지 전보로 알려주십시오. 급합니다.

무오트 보냄

그렇게 나는 갑자기 은둔 생활에서 벗어나게 되었다. 다시 삶의 물결에 몸을 싣게 되면서 나는 희망과 걱정을, 두려움과 기쁨을 동시에 느꼈다. 나를 막는 것은 아무것도 없었으며 부모님은 내가 드디어 인생의 첫발을 내딛게 되었다며 기뻐했다. 나는 즉시 전보를 쳤고 사흘 후에는 이미 R시에 도착해 무오트와 함께 있었다. 그가 호텔로 나를 찾아온 것이다.

그는 내게 악수를 청했지만 내게 아무것도 묻지 않았고 아무 말도 하지 않았다. 그는 흥분해 있는 내 모습은 조금도 아랑곳하지 않았다. 그는 앞뒤 재지 않고 오로지 지금 눈앞에 벌어지고 있는 일에만 온 신경이 가 있는 것 같았다. 그는 내게 미처 옷을 갈아입을 여유조차 주지 않고 곧장 지휘자에게 데리고 갔다.

"쿤 씨입니다."

지휘자 뢰슬러 씨가 고개를 끄덕이며 답했다.

"반갑습니다. 그런데 무슨 일인지?"

"이 사람이 바이올리니스트입니다." 무오트가 외치듯이 말했다.

지휘자는 놀란 눈으로 나를 바라보더니 무오트를 향해 거칠게 말했다.

"다리를 전다는 말은 하지 않았잖소? 나는 정상적인 사람을 원하오."

나는 얼굴이 화끈 달아올랐지만 무오트는 태연했다. 그가 웃으며 말했다.

"아니, 이 사람에게 무용을 시킬 겁니까? 바이올린을 연주하는 걸로 알고 있는데요. 연주를 제대로 못 한다면 돌려보내면 될 것 아닙니까? 어쨌든 들어봐야 하잖아요."

"좋습니다. 쿤 씨, 내일 아침 9시에 이곳 내 사무실로 다시 오시오. 내가 조금 전에 당신 다리에 대해 한 말로 화가 났습니까? 무오트가 미리 말해주었으면 좋았을 것을. 어쨌든 내일 다시 봅시다."

돌아오는 길에 나는 왜 미리 지휘자에게 알려주지 않았느냐고 무오트를 비난했다. 그는 어깨를 으쓱하며 만일 그랬다면 애당초 지휘자가 보자고 하지도 않았을 거라고 말했다.

"그런데 어떻게 나를 추천할 수 있었어요?" 내가 물었다. "내 연주 솜씨가 좋은지 아닌지도 모르잖아요?"

"아, 그거야 당신이 알아서 할 일이지. 뭐, 잘될 거요. 당신은 너무 겸손하고 수줍어서 누가 뒤에서 밀어주지 않으면 나서려고 하지 않는 사람이거든. 자, 내가 밀어주었으니 이제 당신이 알아서 앞으로 나갈 차례요. 걱정할 것 없어요. 전임자가 별로 시원치 않았으니까."

　나는 그날 저녁 그의 집에서 지냈다. 이곳에서도 그는 변두리에 널찍한 방 두 개에 정원이 딸린 조용한 집을 세 내어 살고 있었다. 그의 거대한 개가 그를 반기려고 달려들었다. 우리가 자리에 앉아 미처 몸을 녹이기도 전에 초인종이 울렸고 큰 키에 아름다운 여인이 들어오더니 우리와 함께 어울렸다. 전과 같은 분위기였고 이번 그의 애인 역시 무척이나 아름다운 왕비 같은 풍모였다. 그는 지극히 당연한 일인 양 그 여인을 대하고 있었지만 나는 그 사랑스런 여인을 바라보면서 끌림과 당혹감을 동시에 느꼈다. 매력적인 여성 앞에서는 내가 늘 느끼는 감정이었다. 그리고 나의 감정에는 분명 질투심도 섞여 있었다. 절름발이인 나는 아직 여인으로부터 사랑을 받지 못하고 있었으며 그럴 수 있으리라는 희망도 없던 때문이었다.

　그녀의 이름은 로테였다. 그녀는 내게 상냥하고 친절했다. 아름다운 여인들이 나를 마음 턱 놓고 동정하듯이 대한 것은 이번이 처음이 아니었다. 그녀들은 내가 질투나 사랑 같은 감정은 느낄 수 없는 사람인 양 대했다. 그녀들은 반쯤은 모정이 섞인 감정으로 나를 신뢰했다.

어쨌건 사랑스러운 여인을 비롯해, 비록 난폭한 방법으로이긴 했지만 나를 좋아하는 열정적이면서 무뚝뚝한 사내와 함께 지내는 시간은 즐거웠다. 헤어질 때쯤 되어 마지막으로 건배를 하면서 무오트가 나를 향해 고개를 끄덕이더니 말했다.

"자, 우리들의 우정을 위해 건배! 자, 이제 말을 트고 지낼까? 정말 그러고 싶거든. 하지만 자제합시다. 그런 건 저절로 다 잘 될 테니까. 전에는 내 마음에 드는 사람이면 곧바로 반말을 하곤 했는데 언제나 결과가 좋지 않았어요. 특히 동료 사이에는 좋지 않아. 늘 싸움만 하게 됐으니까."

다음 날 아침 일찍 나는 오케스트라 지휘자 뢰슬러의 집을 찾아갔다. 그는 실내복 차림에 머리도 빗지 않고 있었지만 전날보다 훨씬 다정하게 나를 맞아주었다. 그는 내게 손으로 쓴 악보를 내밀더니 피아노 앞에 앉으면서 바이올린을 켜보라고 했다. 나는 최선을 다해 연주했지만 손으로 아무렇게나 쓴 악보를 제대로 읽을 수 없어서 애를 먹었다. 그와 내가 연주를 끝내자 그가 다른 악보를 내주며 이번에는 독주를 해보라고 했다. 이어서 내가 세 번째 연주를 마치자 그가 말했다.

"좋아요. 악보 읽는 데 더 익숙해져야겠군. 악보가 늘 인쇄되어 있는 건 아니니까. 오늘 밤에 극장으로 와요."

그날 저녁 나는 지휘자가 주의 깊게 지켜보는 가운데 처음으로 극장에서 연주를 했고 다음 날로 채용되었다.

인간이란 참으로 묘한 존재이다. 희망에 충만한 채 새로운 삶을 살고 있으면서도 고독하고 공허한 날들에 대한 향수가 마치 베일에 가려진 듯 아련하게 가끔 나를 사로잡았다. 내가 그토록 벗어나기를 원했던 고향에서의 단조로운 무위의 생활들이 그리워진 것이다. 특히 2년 전에 산속에서 보낸 몇 주일이 정말 그리웠다. 애초에 나는 창조적 작업을 위해 조용한 시간이 따로 필요하다는 생각은 하지 않았었다. 하지만 쾌적하고 풍성한 생활을 누리게 되면서 마치 파묻혀버린 샘물이 저 깊은 곳에서 나직이 중얼거리듯 탄식하는 소리가 들리는 것 같았다.

오케스트라에서 바이올린을 연주하는 일은 즐거웠다. 나는 열심히 노력했고 평소 악보만 보고 어렴풋이 이해하고 있던 것들을 실제로 익히고 배웠다. 더욱이 오케스트라에서 가장 중요한 역할을 차지하고 있는 무오트와의 우정 덕분에 내 발전과 익힘의 속도는 빨랐다. 하지만 역설적이게도 그 때문에 다른 오케스트라 단원들과는 쉽게 친해지지 못했다. 다만 오스트리아 출신의 타이저라는 제1바이올리니스트가 내게 흥미를 느끼고 나와 친하게 지내게 되었다.

그는 나보다 나이가 열 살이 많았다. 그는 상냥하고 세련된 용모를 지닌 정직한 사람이었으며 얼굴을 쉽게 붉히는 사람이었다. 그는 대단히 유능한 음악가였으며 믿을 수 없을 만큼 섬세하고 예민한 청각을 지니고 있었다. 그는 오로지 자신의 바이올린을 켜는 데만 열중할 뿐, 명인도 아니었고 작곡가도 아니었다. 하지만 그는 모든 서막(序幕)에 능통했으며 어느 부분에서 연주가보다 섬세하고 화려해야 하는지, 어느 악기가 그 부분에서 강조되어야 하는지 그 어떤 지휘자보다 잘 알고 있었고, 그 순간을 즐겼다. 그는 거의 모든 악기를 다룰 줄 알았으므로 나는 그에게 늘 질문을 던지고 배울 수 있었다.

그와 무척 친해진 나는 마침내 내가 바이올린 소나타를 작곡했다는 이야기를 하고, 혹시 함께 연주해볼 수 없겠느냐고 조심스럽게 물었다. 그는 기꺼이 승낙하고 약속한 날 내 방으로 찾아왔다. 나는 그를 즐겁게 해주려고 그의 고향 산(産) 포도주를 미리 구해 놓았다. 우리는 포도주를 한 잔 마신 다음 악보를 올려놓고 연주를 시작했다. 처음 보는 악보인데도 그의 연주는 훌

룽했다. 그런데 그가 갑자기 연주를 멈추더니 활을 내려놓았다.

"쿤 선생," 그가 말했다. "정말 아름다운 곡이요. 그냥 아무렇게나 켜고 싶지 않아. 악보를 가져가서 연습을 해야겠어. 괜찮겠지?"

나는 흔쾌히 좋다고 했다. 그는 악보를 가지고 갔고 며칠 후 다시 찾아왔다. 우리는 소나타를 처음부터 끝까지 두 번 연주했다. 연주를 마치자 그가 내 어깨를 두드리며 외쳤다.

"이런 엉큼한 친구 같으니! 그저 순진한 척 지내면서 남몰래 이런 곡을 작곡하다니! 하지만 긴 말은 않겠소. 나는 대학 교수가 아니니까. 어쨌든 정말 아름답소!"

내가 정말로 믿는 사람이 대놓고 내 작품을 칭찬한 것은 처음이었다. 나는 곧 출간 예정인 가곡집의 곡들을 비롯해 내 작품 전부를 그에게 보여주었다. 하지만 내가 오페라까지 욕심내고 있다는 말은 자제했다.

그렇게 즐거운 생활을 하고 있는 중에 어떤 작은 사건이 벌어져 나를 놀라게 했다. 비록 작은 사건이었지만 나는 그 사건을 잊을 수 없다.

그사이 나는 무오트의 집을 자주 찾아갔지만 아름다운 여인

로테는 거의 만날 수 없었다. 하지만 나는 별로 개의치 않았다. 남의 연애에 개입할 생각도 없었고 그에 대해 모르고 있는 것이 나으리라고 생각한 때문이었다. 나는 무오트에게 그녀에 대해 한 마디도 묻지 않았고 무오트도 아무 말이 없었다.

그러던 어느 날 저녁이었다. 나는 방에 앉아서 악보를 들여다보고 있었다. 창가에서 나의 검은 고양이가 해 바라기를 하며 졸고 있었다. 갑자기 노크 소리가 났고 나는 일어나 문을 열었다. 그러자 베일로 얼굴을 가린, 키 큰 여자가 들어왔다. 그녀는 방 안으로 들어와 깊은숨을 몰아쉬더니 베일을 벗었다. 로테였다. 그녀는 흥분해 있는 것 같았다. 그 모습을 보고 나는 그녀가 나를 찾아온 목적을 짐작할 수 있었다. 내가 권하는 대로 그녀가 자리에 앉자 할 수 없이 내가 먼저 입을 열었다. 그녀가 아무 말도 없었기 때문이었다.

"하인리히 무오트 일로 오셨지요?"

그녀가 고개를 끄덕였다.

"뭔가 알고 계세요?" 그녀가 물었다.

"아뇨, 아무것도 모릅니다. 그냥 짐작일 뿐입니다."

그녀는 마치 환자가 의사의 얼굴을 바라보듯 나를 바라보았다. 그리고 갑자기 자리에서 일어나더니 두 손을 내 어깨에 얹은 채 그 큰 눈으로 내 얼굴을 똑바로 바라보며 말했다.

"어떡하면 좋아요? 집으로 찾아가도 만날 수 없고 편지도 없어요. 내 편지는 열어보지도 않아요! 벌써 3주째 만나지 못했어요. 어제 그이 집에 갔었어요. 안에 있는 걸 알았지만 문을 열어주지 않았어요. 개가 내 옷을 물어 찢는데도 휘파람을 물어 개를 부르지도 않았어요. 더 이상 나를 아는 척도 하기 싫은 거지요."

"그와 싸우기라도 하셨습니까?" 잠자코 있을 수만은 없어서 내가 물었다.

그러자 그녀가 웃었다.

"싸웠느냐고요? 처음부터 늘 그랬어요! 이젠 익숙해졌어요. 하지만 요즘에는 이상할 정도로 공손해졌어요. 대뜸 내게 존댓말을 했다니까요. 차라리 다시 내게 손찌검이라도 했으면!"

나는 아연했다.

"아니, 뭐라고요! 그가 때렸다는 말입니까?"

그녀는 다시 웃었다.

"모르셨어요? 저를 자주 때려요. 하지만 요즘 한동안은 그러지 않았어요. 아, 틀림없이 다른 여자가 생긴 거야. 제발 말씀해 주세요. 그이에게 다른 여자가 생긴 거지요? 당신은 아실 거예요. 분명히 아실 거예요!"

그녀는 눈물이 그렁그렁한 채 내 두 손을 잡고 울면서 애원하고 간청했다. 나는 그녀의 아름다운 얼굴을 망연히 바라보고만 있었다. 내게는 '그가 이 여자를 때렸다'라는 생각 외에는 아무 생각도 들지 않았다. 그의 주먹이 눈앞에 보이는 것 같아 섬뜩해졌다. 그리고 그에게 매를 맞고 멸시받고 밀려났음에도 불구하고 오로지 다시 그에게로 돌아가 그런 굴욕을 기꺼이 감수하려는 생각밖에는 없는 것 같은 그녀에게서도 섬뜩한 느낌이 들 수밖에 없었다.

이윽고 진정이 되었는지 그녀의 말이 느려지더니 상황을 제대로 의식한 듯 말문을 닫았고 동시에 내 손을 놓았다.

"그에게 다른 여자는 없습니다." 내가 정중하게 말했다. "적어도 제가 아는 한 그렇습니다."

그녀는 고마운 듯 나를 쳐다보았다.

"하지만 당신을 도와드릴 수는 없습니다. 그런 일에 대해 그와는 전혀 이야기를 나누지 않습니다."

둘 다 잠시 말이 없었다. 나는 저절로 아름다운 마리안의 얼굴과, 그녀와 팔짱을 끼고 함께 걸었던 저녁녘의 일을 떠올리지 않을 수 없었다. 그녀는 그토록 열심히 남자 친구를 두둔했었다. 과연 무오트는 그녀도 때렸을까?

로테는 내게서 아무런 도움도 구할 수 없다는 것을 알았는지 다시 베일을 쓰더니 "당신은 사랑에 대해서는 아무것도 몰라요"라고 중얼거리며 문 쪽으로 걸어갔다. 나는 계단까지 그녀를 바래다주었다. 내가 잘 가라고 인사하자 그녀는 뒤도 돌아보지 않고 계단을 내려갔다. 나는 서글픈 마음으로 그녀의 뒷모습을 바라보았으며 그 광경이 오랫동안 뇌리에서 사라지지 않았다.

나는 생각에 잠겼다. 나는 정말로 마리안이나 로테, 무오트와 완전히 다른 존재인가? 그런 것이 과연 사랑일까? 그 열정적인 사람들은 비틀거리면서 마치 폭풍에 휩쓸린 듯 불확실한 내일을 향해 나아간다. 오늘의 욕망에 사로잡힌 사내는 내일이면 싫증을 내고 음울하게 사랑하고 잔인하게 절교한다. 그는 어떠한 애정에도 확신이 없고 그 어떤 사랑을 하더라도 행복해하지 않는다. 여인들은 모욕과 매질로 고통받다가 결국 버림을 받고도 여전히 그 남자에게 매달리며, 질투심으로 한없이 비참한 지경에 이르러서도 여전히 그 버림받은 사랑에 매달린다. 그날 정말 오랜만에 나는 울었다. 나는 그 사람들, 내 친구 무오트와 그들의 삶과 그들의 사랑에 대해 분노의 눈물을 흘렸으며

제4장

95

그들 사이에서 살아가고 있는 나 자신, 마치 다른 별에서 온 듯 그들의 삶을 이해하지 못하고 있는 나 자신, 사랑을 갈구하면서 동시에 사랑을 두려워하는 나 자신에 대해 보다 은밀한 눈물을 흘렸다.

나는 벌써 오랫동안 하인리히 무오트를 보러 가지 않았다. 당시 그는 바그너 오페라의 가수로서 이름을 떨치고 있었으며 유명 인사가 되어 있었다. 동시에 나도 조금씩 세상에 알려지기 시작했다. 내 가곡집이 출간되어 호평을 받았으며 실내악 두 곡이 연주되었다. 아직 친구들 사이에서 차분하게 격려와 칭찬을 받는 정도였으며 평론계에서는 별다른 반응 없이 신인으로서 너그럽게 봐줄 만하다는 평가를 드문드문 내리는 정도였다.

나는 대부분의 시간을 타이저와 함께 보냈다. 그는 나를 좋아했고 내 작품을 칭찬했으며 내가 큰 성공을 거두리라며 기꺼이 나와 함께 내 음악을 연주했다. 하지만 동시에 나는 그에게서 뭔가 아쉬운 점을 느끼고 있었다. 나는 성실하고 모든 면에서 훌륭한 그에게서 아쉬움을 느끼는 나 자신을 탓하곤 했지만 그래도 어쩔 수 없었다. 내게 그는 너무 쾌활하고 너무나 밝은 사람으로 보였으며 그 어디에서건, 그 무엇이건 만족하는 사람으로 보였다. 그에게는 깊이가 없는 것처럼 보였다. 그는 무오트에 대해서 좋게 말하지 않았다. 극장에서 무오토가 노래를 부르고 있으면 그는 "들어봐, 또 망치고 있어. 저 녀석은 모차르트 곡은 무르지 않아. 그 이유는 자기가 잘 알겠지"라고 내게 속삭이곤 했다. 나는 마지못해 그의 말에 동의하는 척했다. 나는 무오트에게 애착이 있었지만 그를 변호하지는 않았다. 무오트는 타이저가 갖고 있지 못한 그 무엇, 이해하지 못하는 그 무엇, 무오트와 나를 묶어주는 그 무엇을 갖고 있었다. 그것은 끊임없이 갈구하고 동경하고 그 무엇에도 만족하지 못하는 기질이었다. 바로 그 기질 때문에 나는 계속 공부하며 작곡에 몰두할 수 있었고 나를 사람들에게서 멀어지게 한 것이며, 무오트도 비록 방향은 달랐지만 나와 비슷했다. 내가 영원히 음악을 작곡하게 되리라는 것을 나는 알고 있었다. 하지만 나는 영원한 동경과 결핍감으로 작곡하는 것이 아니었다. 나는 행복과 충만함과 하염없는 기쁨에서 나온 음악을 작곡하고 싶었다. 아! 그런데 나는 왜 내가 소유하고 있는 것, 즉 음악으로 행복을 느끼지 못하는가? 그리고 무오트는 왜 그가 소유하고 있는 것, 그의 놀라운 활력과 애인들로부터 행복을 느끼지 못하는가?

제4장

타이저는 행운아였다. 그는 도달할 수 없는 것을 향한 갈망 때문에 고뇌하지 않았다. 그는 예술에서 강렬하고 무한한 기쁨을 느끼고 있었다. 하지만 그는 예술이 그에게 줄 수 있는 것 이상은 요구하지 않았다. 그리고 예술 밖에서는 훨씬 작은 기쁨만으로도 만족했다. 그에게는 친한 사람들 두세 명과 가끔 마시는 맛 좋은 포도주 한 잔, 휴일의 야외 소풍으로 충분했다. 만일 신지학자들의 가르침을 받아들인다면 이 사내는 그야말로 완벽한 사람이었다. 그만큼 그는 선량했고 그 어떤 격정이나 불만을 드러내지 않았다. 내가 잘못 생각하고 있는 것인지 모르지만 나는 그처럼 되고 싶지 않았다. 나는 나와 다른 그 어떤 사람이 되고 싶지 않았다. 비록 너무 꽉 끼는 것이라 할지라도 나는 내 껍질에서 벗어나고 싶지 않았다. 그리고 나는 내 작품이 서서히 반향을 일으킴에 따라 내 속의 힘을 느끼기 시작했으며 자만심이 들기도 했다. 이제 나는 사람들에게 이르는 다리를 찾아야 했다. 언제까지나 음지에 숨어서 지낼 것이 아니라 그들과 함께 살아야 했다. 달리 방법이 없는 만큼 나의 음악이 다리 구실을 해야 했다. 비록 사람들이 나를 좋아하지는 않더라도 내 작품을 사랑하지 않을 수는 없으리라.

나는 아직 그런 어리석은 생각에서 벗어나지 못하고 있었으며 누군가 나를 원하는 사람, 나를 진정으로 이해하는 사람을 위해 헌신할 준비가 되어 있었다. 음악이란 이 세계의 감추어진 법칙이 아닌가? 지구와 별들은 하모니를 이루며 돌고 있지 않은가? 그런데 왜 나만 홀로 지내야 한단 말인가? 나와 하모니를 이룰 만한 사람을 왜 찾을 수 없단 말인가?

내가 이 낯선 도시에서 지낸 지도 1년이 지났다. 처음에는 무오트와 타이저, 지휘자 뢰슬러 외에는 별로 알고 지내는 사람이 없었다. 하지만 마음에 들건 안 들건 교제 범위가 차츰 넓어졌다. 내 실내악곡들이 연주됨에 따라 극장 밖의 음악가들과도 친분이 생겼으며 비록 좁은 범위이긴 했지만 차츰 명성도 높아졌다.

그런 가운데 나는 부유한 상인인 임토르 씨와 친분을 트게 되었다. 내 바이올린 2중주가 연주된 어느 음악회에서였다. 그는 열성적인 음악 애호가였으며 신인들의 후원자였다. 아주 키가 작고 차분한 사람으로서 머리카락이 이미 희끗희끗했다. 겉보기에는 부자 같지도 않았고 음악에 조예가 깊은 사람 같지도 않았다. 하지만 이야기를 나눠보니 음악에 대한 이해가 무척 깊었다. 그는 건성으로 어떤 곡을 칭찬하는 것이 아니라 아주 정확하게 전문가처럼 평가를 내렸다. 그는 자기 집에서 가끔 신구(新舊) 음악의 밤을 개최한다고 내게 말해주었다. 실은 이미 나도 알고 있던 사실이다. 그는 나를 초대한다며 헤어지기 전에 이렇게 말했다.

"우리 집에 당신 가곡집이 있소. 우리 가족이 모두 좋아한다오. 당신이 온다면 내 딸도 기뻐할 거요."

물론 나는 그의 초대를 받아들였다.

드디어 약속한 날 저녁이 되었다. 홀아비인 임토르 씨는 고풍의 시민주택에 살고 있었다. 시내 한복판에 있으면서도 고풍의 넓은 정원을 그대로 간직하고 있는 몇 채 안 되는 집들 중의 하나였다. 가정부의 안내를 받으며 복도를 지나자 벽마다 초상화와 풍경화, 동물 그림 등 고풍의 그림들이 수없이 걸려 있었다.

손님들이 그리 많지는 않았지만 좀 작은 듯싶은 방을 가득 메우고 있었다. 이윽고 음악실 문이 열렸다. 매우 널찍한 방으로서 그랜드 피아노, 책장, 램프, 의자 등은 모두 새것이었다. 하지만 이 방에 걸려 있는 그림만은 역시 고풍이었다.

나와 함께 연주할 두 명의 음악가는 이미 와 있었다. 우리는 악보대를 세우고 조명을 살핀 다음 조율을 했다. 그때 홀 안쪽의 문이 열리더니 가벼운 옷차림의 숙녀 한 명이 조명이 반쯤 밝혀진 방을 가로질러 우리들 쪽으로 왔다. 두 명의 음악가가 그녀에게 공손하게 인사했다. 임토르 씨의 딸이었다. 그녀는 뭔가 묻는 듯한 눈길로 나를 쳐다보더니 서로 소개를 나누기 전에 내게 손을 내밀며 말했다.

"당신을 이미 알고 있어요. 쿤 선생님이시지요? 잘 오셨어요."

이 아름다운 숙녀가 들어서는 순간 그녀를 보자마자 나는 한눈에 반해버렸다. 그녀의 목소리마저 하도 밝고 상냥해서 나는 그녀가 내민 손을 힘주어 잡으면서 나를 그토록 친근하게 맞아주는 그녀의 얼굴을 거리낌 없이 바라보았다. 이윽고 임토르 씨가 음악실에 나타났다. 몇몇 아는 사람들이 고개를 끄덕여 내게 인사를 했으며 임토르 씨는 내게 악수를 청했다. 모두 자리를 잡고 앉자 불이 꺼지고 악보를 비추는 촛불만이 밝혀져 있었다.

순간 나는 내가 연주할 음악은 거의 잊고 있었다. 나는 방 뒤쪽에 있는 게르트루트 양의 모습을 찾았다. 그녀는 어스름한 가운데 책장에 기대어 앉아 있었다. 그녀의 짙은 금발은 거의 검게 보였다. 그녀의 눈은 보이지 않았다. 나는 고개를 까딱까딱하며 박자를 세었고 이어서 우리는 힘차게 활을 당겨 연주를 시작했다.

연주를 시작하자 마음이 지극히 평온해졌다. 나는 박자에 맞춰 몸을 흔들면서 내가 연주하는 하모니에 녹아들었다. 마치 방금 작곡한 완전히 새로운 곡 같았다. 나는 음악에 대해 생각했고 동시에 게르트루트에 대해 생각했다. 마치 그 두 흐름이 아무런 충돌도 없이 뒤섞여 한없이 맑게 빛나는 것 같았다. 나는 활을 놀리면서 눈길로 지휘를 했다. 음악은 거침없이 황홀하게 울려 퍼졌고 황금으로 된 찬란한 길을 통해 나를 게르트루트에게로 이끌었다. 더 이상 그녀의 모습이 보이지 않았고 굳이 그녀의 모습을 보고 싶지도 않았다. 나는 내 음악을, 내 숨결을, 내 생각을, 내 심장 고동을 그녀에게 바쳤다. 마치 아침에 산책길에 나선 나그네가 아무런 주저 없이 이른 아침의 연한 하늘빛과 초원의 반짝임에 온몸을 맡겨버리는 것과도 같았다. 야릇한 안락함이 점점 고조되는 음률과 함께 나를 감쌌고 나는 놀라운 가운데 행복을 맛보았다. 나는 갑자기 사랑이 무엇인지 알게 되었던 것이다. 그것은 결코 새로운 감정이 아니었다. 그것은 아주 오랫동안 예감해오던 것이 환하게 드러난 것이었으며 낯선 곳을 헤매다 친근한 곳으로 돌아온 것, 바로 그것이었다.

제1악장이 끝났다. 우리는 잠시 휴식 시간을 가졌다. 현을 조율하는 소리가 가볍게 울렸다. 나는 집중해 있는 사람들 너머로 짙은 금발과 부드럽고 밝은 이마, 담홍색의 입술을 흘낏 보았다. 이윽고 나는 가볍게 악보대를 두드렸고 2악장 연주가 시작되었다. 연주자들은 모두 연주에 몰입했다.

이 2악장은 나의 참회였고, 나의 동경과 불만족에 대한 고백이었다. 3악장은 만족과 성취를 표현하게 되어 있었다. 하지만 그날 밤 나는 그 3악장이 매우 미흡하다는 것을 깨달았다. 나는 3악장을 마치 과거사인 양 무심하게 연주했다. 나는 이제 성취감은 어떤 소리로 표현해야 하는지, 광채와 평화가 얼마나 격렬한 천둥소리를 통해 나타나야 하는 것인지, 얼마나 두꺼운 구름을 뚫고 그 빛이 나와야 하는 것인지 분명히 알 수 있을 것 같았다. 나의 3악장에는 그 모든 것이 없었다. 그것은 불협화음 가운데 나온 그저 부드러운 위안일 뿐이었으며 기존의 선율에 약간의 생명력과 힘을 부여한 데 불과했다. 그 속에는 지금 나 자신의 마음속에서 울리고 있는 소리도, 내가 지금 체험하고 있는 빛도 들어 있지 않았다. 아무도 그것을 알아차리지 못하고 있는 것이 내게는 이상할 뿐이었다.

3중주가 끝이 났다. 나는 두 명의 연주자들에게 허리 굽혀 인사하고 바이올린을 옆에 놓았다. 불이 다시 밝혀졌고 사람들이 웅성거렸다. 많은 사람들이 내게 다가와 칭찬과 비평을 늘

제4장

103

어놓았지만 결함을 지적하는 사람은 아무도 없었다.

손님들이 몇몇 방으로 흩어졌고 다과와 포도주가 나왔다. 한 시간이 흘렀고 이어서 또 한 시간이 흘렀다. 그때였다. 전혀 기대하지도 않고 있었는데 게르트루트가 내 옆으로 오더니 손을 내밀었다.

"마음에 드셨습니까?" 내가 물었다.

"네, 아름다운 곡이에요." 그녀가 말했다. 하지만 왠지 속마음을 솔직히 털어놓은 것 같지 않았기에 내가 다시 물었다.

"2악장을 말씀하시는 거겠지요. 3악장은 형편없습니다."

그녀는 호기심이 어린 눈으로 나를 바라보았다. 마치 성숙한 여인처럼 현명함이 깃든 눈길이었다.

그녀가 내게 말했다.

"당신이 더 잘 아실 텐데요. 1악장은 듣기 좋아요. 2악장은 웅장해요. 하지만 웬만해서는 3악장이 뒷받침해주기 힘들 정도로 너무 고양되어 있어요. 당신이 연주하는 모습만 보아도, 언제 열중해 있는지 언제 그렇지 않은지 금세 알 수 있어요."

나도 모르는 새 그녀의 맑고 상냥한 눈이 나를 살펴보고 있었다니 나는 너무 기분이 좋았다. 그녀를 처음 만난 그 순간부터 나는 저렇게 아름답고 순진한 눈길을 받으며 평생을 지낼 수 있다면 그 얼마나 감미롭고 행복할 것인가, 저 눈길 아래에 서라면 그 어떤 나쁜 생각도 품을 수 없을 것이며 그 어떤 나쁜 행동도 저지를 수 없으리라고 생각했다. 그리고 바로 그날 밤부터 나는 누군가와 결합하여 달콤한 하모니를 이루고 싶다는 내 욕망이 실현될 수도 있음을, 매 순간의 내 맥박과 호흡에 호응하는 그 누군가의 눈길과 목소리가 이 지상에 존재하고 있음을 알게 되었다.

그녀도 나를 향해 그 어떤 공감을 느꼈음이 틀림없었다. 그녀는 처음부터 오해나 불신에 대한 두려움 없이 내게 솔직한 모습을 보여주었다. 우리는 정말 쉽고 빠르게 친해졌으며 그것은 아직 때 묻지 않은 젊은이들에게만 가능한 일이었다. 물론 그때까지 내 마음이 끌린 여자들이 있었다. 하지만 언제나, 특히 내가 불구가 된 이후로는 내 마음에는 수줍음과 초조함과 불안이 함께 하고 있었다. 그런데 이제는 단순히 마음이 끌리는 것이 아니라 진정한 사랑이 내게 찾아온 것이다. 마치 내 눈을 가리고 있던 얇은 회색 베일이 떨어져 나가고 이 세상이 마치 원초적 신성한 빛을 띤 채 내 앞에 놓인 것 같았다. 내가 마치 천진한 어린아이가 된 것 같았고, 마치 나의 꿈속에서 이 세상이 천국이 되어 내 앞에 나타난 것 같았다.

제4장

105

당시 게르트루트는 스무 살 전후 정도의 나이로서 아름답고 성성한 나무처럼 날씬하고 건강했다. 그녀는 그 나이 때의 처녀들이 빠지기 쉬운 혼란을 겪지 않았으며 마치 자연스럽게 흘러가는 멜로디처럼 타고난 고결한 본성의 지시에 따르고 있었다. 이런 불완전한 세계에 그녀 같은 사람이 존재한다는 사실에 나는 행복했다. 그런 귀한 존재를 내 곁으로 끌어들여 홀로 독점한다는 생각은 도저히 할 수 없을 정도였다. 그녀의 아름다운 젊음과 조금이라도 함께 할 수 있다면, 이제부터 그녀의 가장 친한 친구들 중의 하나가 될 수 있다면 나는 만족할 수 있으리라는 생각뿐이었다.

그날 밤 나는 오랫동안 잠을 이루지 못했다. 열과 불안감에 시달린 때문이 아니었다. 내게 봄이 다가왔음을, 오랫동안의 쓸모없는 방랑을 거쳐 이제 올바른 길이 내 앞에 열렸음을 알았기 때문에 깨어 있었던 것이고 잠을 청하고 싶지 않았기에 깨어 있었던 것이다. 한밤의 희미한 빛이 방 안으로 들어왔다. 내 삶과 예술의 목표가 마치 바람을 맞고 있는 산봉우리처럼 내 앞 아주 가까이 또렷하게 보였다. 나는 내가 종종 완전히 잊고 있던 멜로디, 저 은밀한 내 삶의 하모니를 되찾았으며 아무런 방해도 받지 않고 저 신화적인 나의 유년 시절까지 거슬러 올라갈 수 있었다. 그리고 이 비현실적인 순수함, 나의 이 충만한 감정을 붙잡아 두고 싶어졌을 때, 그것을 압축해서 한 이름으로 부르고 싶어졌을 때, 나는 그 모든 것에 게르트루트라는 이름을 붙였다. 나는 그 이름을 품은 채 아침 녘이 다 되어서야 잠이 들었지만 다음 날 마치 오랫동안 단잠을 잔 듯 상쾌하고 개운한 가운데 잠에서 깨어났다.

아침에 일어나자 내가 최근 그 얼마나 우울했고 쓸데없는 자만심에 빠져 있었는지 생각났다. 이제 나를 괴롭히거나 분노하게 만드는 것은 아무것도 없었다. 내게는 다시 신성한 음악이 들려왔으며 천체의 하모니를 느끼고 싶었던 내 청춘의 꿈을 되찾았다. 나는 다시 그 숨겨진 멜로디를 향해 걸음을 옮겼고, 그 멜로디만을 생각했으며, 그 멜로디와 함께 호흡했다. 내 삶은 다시 의미를 지니게 되었고 미래는 여명의 빛으로 빛났다.

아무도 그러한 내 변화를 눈치채지 못했다. 주변에 그럴 만한 친구가 없었던 것이다. 다만 타이저만이 극장에서 쾌활한 어조로 "지난밤에 잠을 잘 잔 것 같군"이라고 말해주었을 뿐이었다.

나는 무오트를 찾아갔다. 로테의 가슴 아픈 고백을 들은 이후 나는 가능한 한 그를 피하고 있었으며 벌써 몇 달째 만나지 못한 상태였다. 내가 삶에 대한 믿음을 되찾았고 선의로 가득 차 있게 된 이상 소원(疏遠)했던 진구와 다시 가까워지는 것이 무엇보다 중요한 일로 여겨졌다. 내가 작곡한 새 노래가 그 계기를 마련해주었다. 나는 그것을 그에게 바치기로 작정했다. 그가 좋아했던 「눈사태」와 비슷한 곡으로서 가사는 다음과 같았다.

이제 밤이 되었고 나는 촛불을 꺼버렸다.
열린 창으로 나는 밤을 맞아들인다.
밤은 나를 살포시 껴안고 나를 형제라 부르며
슬픔에 잠긴 내게 친구가 되겠다고 약속한다.

우리 둘은 똑같은 향수에 젖어 있다.
우리의 영혼은 신비로운 꿈을 엮어서
낮은 목소리로 속삭인다.
옛날 아버지 곁에서 지내던 그때를.

나는 악보를 깨끗하게 베껴서 그 위에 '나의 벗 하인리히 무오트에게 바침'이라고 적었다.

나를 본 그가 말했다.

"어라, 쿤 씨로군! 다시는 찾아오지 않을 줄 알았는데."

"이렇게 왔잖아요. 어떻게 지내요?"

"늘 똑같지, 뭐. 암튼 이렇게 일부러 찾아와주니 고맙소."

나는 그에게 악보를 내밀었다.

"오, 새 노래로군! 그놈의 지겨운 현악에 빠져 있지나 않은지 걱정했는데. 아니, 여기 내게 준다는 헌사가 있군. 정말이요?"

헌사를 보고 그가 기뻐하는 것은 뜻밖이었다. 나는 그 헌사를 보고 그가 조롱하리라고 예상하고 있었다.

"정말 기뻐요." 그가 솔직하게 말했다. "그럴 만한 가치가 있는 사람, 특히 당신 같은 사람이 내 생각을 해주는 건 언제나 환영이거든. 당신은 내 목록에 올라 있어요."

"그런 목록이 있단 말입니까?"

"물론이지. 그냥 겉으로 알고 지내는 사람들 목록이라면 나보다 많은 사람도 없겠지. 하지만 내가 좋아하는 사람은 다 내게서 멀어진단 말이오. 어쨌든 지금으로서는 당신이 유일한 친구요. 사람이건 물건이건 얻기 어려운 게 귀한 법 아니오? 나도 정말 친구들이 많았으면 하는데 여자들만 나를 좋다고 하니……."

제4장
109

"그건 당신에게도 책임이 있어요."

"무슨 소리요?"

"당신은 여자를 다루듯 모든 사람을 다루려 해요. 그런 건 친구들에게는 통하지 않아요. 그 때문에 사람들이 당신에게서 멀어지는 겁니다. 당신은 에고이스트예요."

"에고이스트라니, 고마워라! 하지만 당신이라고 뭐 다른가? 로테가 당신을 찾아간 걸 내가 알거든. 그녀가 그렇게 힘들어하는데도 전혀 도와주지 않았잖소. 내 마음을 돌이키려고 애쓰지도 않았고. 물론 그러지 않은 게 고맙긴 하지만……. 그냥 그 일에 대해서 혐오감을 느끼고 나를 멀리했을 뿐이지."

"어쨌든 이렇게 다시 왔잖아요. 당신 말이 옳아요. 로테를 도와줘야 했지요. 하지만 나는 그런 일에는 문외한이거든요. 그녀가 나를 비웃고 나는 사랑에 대해서는 아무것도 모른다고 말했어요."

"그렇다면 우정이나 지키는 게 현명한 일이겠군! 그것도 아름다운 세계니까. 자, 여기 앉아 반주를 해줘요. 노래나 부릅시다. 처음에 우리 함께 노래하던 것 기억나오? 당신 이제 점점 유명해지는 것 같던데……."

"그런 것 같기는 하지만, 당신에 비하면 어림도 없지요."

"무슨 소리를! 당신은 작곡가요! 창조자이고, 작은 신(神)이란 말이야! 명성 따위가 무슨 의미가 있어? 하지만 우리 같은 사람들은 그저 뭐든지 서둘러야 하지. 가수나 광대는 여자와 똑같아요. 살갗이 아름답고 매끄러울 때 시장에 내놔야 해. 최대한의 명성과 논과 계집과 샴페인을 위하여! 삽시에 나오는 사진과 꽃다발을 위하여! 조금이라도 인기를 잃거나 가벼운 폐렴에라도 걸리면 내일로 당장 끝장이니까! 명성이건 꽃다발이건 단번에 무너져 내리니까!"

"미리 그런 걸 걱정할 필요는 없잖아요."

"당신이 아는지 모르지만 사실 나는 나이를 먹는 데 관심이 많아요. 청춘이란 건 신문과 교과서에서나 떠들어대는 협잡에 불과해요. 인생에서 가장 멋진 시기라니! 천만의 말씀이지! 내가 보기에는 나이 든 사람들이 삶에 대해 더 만족한다니까. 이를테면 노인들은 거의 자살을 하지 않거든."

나는 피아노를 치기 시작했고 그는 음을 가다듬었다. 그는 단조에서 장조로 다시 넘어오는 대목에서는 칭찬이라도 하듯 팔꿈치로 나를 툭 건드렸다.

저녁에 집으로 돌아오자 임토르 씨가 보낸 봉투가 하나 놓

여 있었다. 그 안에는 친절한 몇 마디 말과 함께 과분한 사례금
이 들어 있었다. 내가 염려하던 바였다. 나는 돈을 돌려보내면
서 내 생활이 그다지 궁핍하지 않으며, 대신 친구로서 그의 집
에 드나들 수 있는 영광을 베풀어주면 고맙겠다고 썼다. 그를
다시 만났을 때 그가 조만간 그의 집으로 찾아오라고 초대하며
말했다.

"이러실 줄 알았소. 게르트루트도 당신에게 아무것도 보내
지 말라고 했거든. 하지만 아무래도 그냥 있기는 좀 꺼림칙해
서……."

이후 나는 임토르 씨의 집에 자주 드나들게 되었다. 수시로 열
리는 가정 연주회 때마다 나는 제1바이올린 연주를 맡았고, 내
곡이건 다른 사람의 곡이건 새로운 곡은 모두 갖고 그 집으로 갔
으며 내 소품곡들은 대개 그 집에서 제일 먼저 연주되었다.

어느 봄날 저녁 임토르 씨의 집에 갔더니 게르트루트가 친
구 한 명과 단둘이 집에 있었다. 그녀의 친구가 돌아가고 얼마
후 나도 집으로 가기 위해 밖으로 나섰다. 밖에는 비가 오고 있
었고 나는 계단을 내려가려다 살짝 미끄러졌다. 그러자 그녀가
조금 더 있다 가라며 나를 붙잡았다.

우리가 음악에 대해 이런저런 이야기를 나누던 중 그녀가 부

끄러운 듯 말했다.

"당신께 고백할 게 하나 있는데 나쁘게 생각하지 않았으면 해요. 제가 당신이 작곡한 노래 두 곡의 악보를 복사해서 노래를 익혀 놓았어요."

"당신이 노래를?" 나는 놀라서 외쳤다. 게르트루트는 명랑한 미소를 지으며 대답했다.

"심심풀이로 친구들 앞에서 부르는 정도예요. 당신이 피아노 반주를 해주시면 들려드릴게요."

우리는 피아노 앞으로 갔다. 그녀는 여자 필체로 쓰인 깨끗한 악보를 내게 건네주었다. 이윽고 나는 반주를 했고 그녀가 노래를 불렀다. 나는 피아노를 치며 마술처럼 변해버린 내 곡을 들었다. 그녀는 높은 목소리로 새처럼 가볍게 노래를 불렀다. 경이로운 목소리였다. 그처럼 감미로운 목소리는 지금껏 들어본 적이 없었다. 그녀의 목소리는 눈 덮인 산에 남풍이 불어오듯 내게 스며들었으며 매 음조마다 내 마음의 베일을 하나씩 벗겨내는 것 같았다. 나는 행복했고 마치 공중을 떠다니는 듯한 기분이었지만 자신을 억제해야만 했다. 눈에 눈물이 고여악보가 보이지 않을 정도였기 때문이었다.

나는 사랑이 무엇인지 알고 있다고 생각했었다. 그리고 그로

인해 현명해졌다고 느끼고 있었다. 나는 새로운 눈으로 세상을 보게 되었고 삶에 대해, 그리고 사람들에 대해 친밀감을 느끼고 있었다. 그런데 이제 모든 것이 달라졌다. 이제 더 이상 빛과 위안과 즐거움은 존재하지 않았다. 대신 폭풍우와 불꽃이 나를 휘감았다. 내 가슴은 미쳐 날뛰고 전율하고 있었으며, 오로지 그 불꽃에 타버리고 싶을 뿐 삶에 대해 더 이상 아무것도 알고 싶지 않았다.

게르트루트의 가볍고 숭고한 목소리는 높이 날아오르면서 즐겁게 나를 부르는 것 같았고 오로지 나를 기쁘게 하기 위해서만 부르는 노래 같았다. 하지만 동시에 그녀의 노래는 내가 도달할 수 없는 미지의 곳까지 높이 올라간 것 같기도 했다.

오오, 나는 이제 내가 어떤 상태에 처해 있는지 알 수 있었다. 그녀는 노래를 부를 수 있고, 나를 상냥하게 대할 수도 있으며 내게 호의를 베풀 수도 있다. 하지만 내가 바라는 것은 그런 것이 아니었다. 그녀가 전적으로 내 것이 아니라면, 그것도 영원히, 오로지 나만의 것이 아니라면 나는 헛된 삶을 살고 있을 뿐이며 내가 지니고 있는 모든 장점, 부드러움, 나의 재능은 모두 무의미할 뿐이었다.

그때 그녀의 손길이 내 어깨에 놓이는 것을 느끼고 나는 깜짝 놀랐다. 나는 몸을 돌려 그녀를 바라보았다. 그녀의 밝은 눈은 진지해 보였다. 그러나 내가 그녀를 계속 뚫어져라 바라보자 그녀는 얼굴을 붉히며 감미롭게 미소 지었다. 나는 겨우 고맙다는 말만 할 수 있었다. 그녀는 내게 무슨 일이 일어나고 있는지 모르고 있었다. 다만 내가 그녀의 노래에 깊이 감동하고 있는 줄로만 알고 있었다. 그녀는 곧 좀 전처럼 즐겁고 편한 대화를 이어가려 했다. 잠시 후 나는 그녀의 집을 나섰다.

나는 곧장 집으로 돌아가지 않았다. 여전히 비가 오고 있는지 아니면 그쳤는지조차 의식하지 못했다. 나는 지팡이에 의지해서 거리를 걷고 있었지만 걷는 게 걷는 것이 아니었고 거리도 비현실처럼 여겨졌다. 나는 폭풍우를 몰고 온 구름을 타고 으르렁거리는 어두운 하늘을 날고 있었다. 나는 폭풍우에게 말을 걸었으며 나 자신이 폭풍우가 되었다. 그리고 저 멀리서 뭔가 매혹적인 목소리가 들려오는 것 같았다. 그것은 맑고 드높은, 또한 새처럼 가벼운 여자 목소리였다. 인간적인 사유와 감정이 전혀 들어 있지 않은 목소리이면서 동시에 모든 정염, 달콤하면서도 격렬한 정염을 그 안에 품고 있는 목소리였다.

다시 게르트루트를 찾아가고 싶은 마음을 억누르며 며칠 지내는 사이 한스 H.라는 시인에게서 편지가 왔다. 그의 시에 내가 곡을 붙인 적이 있던 시인이었다. 2년 전부터 그와는 아주 친해져서 나는 곡을 보내주고 그는 시를 보내주는 사이가 되었다.

그의 편지는 놀라운 내용을 담고 있었다. 오페라 가사가 거의 완성되었으니 그 가사를 토대로 오페라를 작곡해 줄 수 있겠느냐는 내용이었다. 그의 편지는 마치 화약 더미 한가운데 던진 불꽃 같았다. 나는 조급한 마음에 원고를 보내 달라고 전보를 보냈다. 일주일이 지나자 원고가 왔다. 운문으로 된 정열적인 러브 스토리였다. 아직 미완인 부분이 있었지만 그것만으로도 충분했다. 나는 며칠 동안 시극 구절을 암기하며 노래로 불러보거나 바이올린으로 연주를 해보았다. 그리고 며칠 후 게르트루트에게 달려갔다.

그녀를 보자마자 나는 거의 외치듯이 말했다.

"제발 나를 좀 도와주세요. 내가 오페라를 작곡 중입니다. 당신 목소리에 알맞은 노래 세 곡을 가지고 왔습니다. 한번 보시지 않겠어요? 그리고 한번 불러주시지 않겠어요?"

그녀는 기뻐하며 내게 오페라 내용을 이야기해달라고 했다. 그리고 악보를 보더니 곧 연습하겠다고 약속했다. 이로써 사랑과 음악에 취한, 열정으로 충만한 시기가 시작된 것이다. 나는 사랑과 음악 외에는 아무것도 생각할 수 없었으며 오페라에 관한 모든 것은 오로지 그녀와 나만이 공유하고 있는 비밀이었다. 내가 악보를 그녀에게 전해주면 그녀는 연습을 하고 노래를 불렀다. 나는 곡에 대한 그녀의 조언을 들었고 열심히 반주를 했으며 그녀는 나의 열정에 기꺼이 동참했다. 그녀는 연습하고 노래했으며 내게 조언과 도움을 아끼지 않았다. 또한 그녀는 우리들의 비밀과 우리 둘 모두의 것인 새로운 노래들을 즐겼다. 그녀는 그 어떤 암시나 조언도 곧바로 이해했고 소화해 냈다. 나중에는 악보 베끼는 일을 도와서 그녀의 섬세한 손으로 악보를 직접 쓰기도 했다. 나는 극단에 병가를 냈다.

게르트루트와 나 사이에는 그 어떤 어색한 감정도 찾아올 틈이 없었다. 우리는 같은 물결을 타고 같은 목표를 향해 나아가고 있었다. 그것은 나에게와 마찬가지로 그녀에게도 성숙한 힘의 개화를 뜻했고 행복을 향한 마술과도 같은 길이었으며 그 길에는 나의 정열이 숨어서 작용하고 있었다. 그녀는 나와 내 작품을 구별하지 않았다. 그녀는 그 둘 모두에게서 기쁨을 발견했으며 그녀 자체가 그 둘 모두의 것이기도 했다. 마찬가지로 내게도 사랑과 일, 음악과 삶은 이제 더 이상 구분되지 않았다. 이따금 내가 놀람과 경탄의 눈으로 이 사랑스런 여인을 바

제4장

117

라보면 그녀는 내 눈길에 화답했다. 또한 내가 그녀의 집을 찾아가거나 떠날 때 그녀는 나보다 더 뜨겁고 강하게 내 손을 잡았다. 화창한 봄날 성원을 지나 고풍의 십으로 들어갈 때마다 나는 나를 그곳으로 부르고 나를 고양시키는 것이 일인지 사랑인지 알 수 없었다.

하지만 그런 시절은 오래 가지 못했다. 작업이 끝날 시기가 다가오고 있었던 것이다. 그리고 나의 사랑의 불꽃은 불안감을 느끼면서 다시 한번 불타올랐다. 나는 그녀와 피아노 앞에 앉아 있었고 오페라 마지막 부분의 소프라노 곡을 노래하고 있었다. 그녀의 노래는 훌륭했다. 그녀의 목소리가 날아오르는 동안에 나는 이미 변화의 조짐을 보이고 있는 이 열정의 나날들에 대해 생각했다. 그리고 이제 불가피하게 이제까지와는 다른, 구름 낀 나날들이 이어지리라는 예감이 들었다.

그때 그녀가 미소 지으며 악보를 보려고 내 쪽으로 몸을 기울였다. 그녀는 내 얼굴에 슬픈 표정이 떠오른 것을 눈치채고는 의아한 표정으로 나를 바라보았다. 나는 아무 말도 하지 않았다. 나는 조용히 일어나서 그녀의 얼굴을 두 손으로 부드럽게 감싸 쥐고 그녀의 이마에, 이어서 그녀의 입술에 키스를 한다음 다시 앉았다. 그녀는 놀라거나 화를 내지 않고 이 모든 것을 조용히, 거의 엄숙하게 받아들였다. 그녀는 내 눈에 눈물이 고어 있는 것을 보고는 마치 나를 달래듯, 그녀의 여리고 부드러운 손으로 내 머리와 이마, 그리고 어깨를 어루만져 주었다.

나는 다시 피아노를 연주했고 그녀는 노래를 불렀다. 우리의 입맞춤, 우리가 결코 잊을 수 없을 둘만의 이 마지막 비밀에 대해서는 둘 다 아무 말도 없었다.

우리 둘이 간직하고 있던 비밀들 중에는 오랫동안 둘 사이에만 존재할 수 없는 것도 있었다. 오페라를 완성하려면 다른 사람의 도움이 필요한 때문이었다. 그리고 가장 먼저 떠오르는 사람은 물론 무오트였다. 나는 이 오페라의 주역으로 그를 염두에 두고 있었던 것이다. 이 오페라 주역이 지닌 격렬한 열정은 무오트의 가창력과 성격에 완전히 부합하고 있었다. 하지만 나는 차일피일 미루며 망설이고 있었다. 내 작품은 여전히 나와 게르트루트를 맺어주는 끈이었으며 우리 둘에게만 속한 것이었고, 우리 둘만이 그 기쁨과 어려움을 공유하고 있기 때문이었다. 그것은 남에게는 알려지지 않은 비밀의 정원 같은 것이었고 두 사람만 타고 망망대해를 지나는 배와 같은 것이었다.

그녀는 이제 자신이 도와줄 것이 없다는 것을 알게 되자 내게 먼저 물었다.

"누가 주역을 맡게 되지요?"

"하인리히 무오트요."

그녀는 놀란 것 같았다.

"정말이에요? 나는 그 사람 좋아하지 않는데요."

"내 친구입니다. 게다가 그 배역에 딱 맞아요."

"알았어요."

이렇게 하여 우리 둘 사이에 제3자가 이미 끼어든 셈이 되었다.

제5장

    그동안 나는 무오트가 휴가와 여행을 즐긴다는 사실은 미처 생각해보지 못했다. 그는 나의 오페라 계획을 듣고 반가워했으며 온갖 협력을 아끼지 않겠다고 약속했다. 하지만 그는 이미 여행 계획을 세워놓았기에 가을이 될 때까지 자신이 맡은 역할을 연구해보겠다는 약속만 받을 수 있었다. 나는 준비가 된 음악 중에 그가 노래할 부분을 베껴주었다. 그는 그것을 가지고 갔고, 늘 그렇듯 몇 달 동안 소식이 없었다.

    덕분에 나와 게르트루트는 휴식 시간을 가질 수 있었다. 나와 게르트루트 사이에는 돈독한 우정 같은 것이 쌓여 있었다. 나는 그날 피아노 앞에서 있었던 일 이후 내 마음속에 일어난 일을 그녀가 알고 있으리라고 믿었다. 하지만 그녀는 아무 말도 없었으며 나에 대한 태도도 변함이 없었다. 그녀는 내 음악 뿐만 아니라 나도 좋아했다. 그리고 우리들 사이에는 상호 공감대가 형성되어 있었으며 서로 애정을 느끼고 있었다. 따라서 나에 대한 그녀의 행동은 여전히 상냥하고 친근했다. 그렇게 열정이 존재하지 않는 균형 잡힌 애정으로 그녀는 나를 대한 것이다. 나는 그것으로 만족하며 그녀 곁에서 차분하게 감사의 나날들을 보냈다.

하지만 우리들 사이에는 언제나 열정이 잠복하고 있었으며 나도 모르는 새 그 열정이 폭발하곤 했다. 그럴 때면 그녀가 내게 보여주는 친근함이 오로지 자비를 베푸는 것처럼 보였다. 나는 나를 압도하고 있는 사랑과 욕망의 파도가 그녀에게는 낯설고 불쾌하기만 할 것이라는 생각 때문에 괴로웠다. 나는 가끔 자신을 속이면서 그녀의 성품이 원래 평온하고 이지적이어서 그렇다고 자신을 설득했다. 하지만 그것이 사실이 아님을 나는 마음으로 느끼고 있었다. 나는 게르트루트도 사랑을 하게 되면 위기가 찾아오고 감정의 동요가 일리라는 것을 잘 알고 있었다. 훗날 나는 만일 그때 내가 좀 더 공격적으로 그녀를 내게 끌어들이려 했다면 그녀가 나를 따라와 영원히 나와 함께 했을지도 모른다는 생각을 하기도 했다. 하지만 나는 그녀가 내게 보여주는 명랑한 태도들을 불신했으며 그녀가 내게 상냥한 애정을 보여주더라도 나를 동정해서 그러는 것으로 돌렸다. 만일 그녀가 건강하고 잘생긴 남자, 매력적인 남자를 나만큼 좋아한다면 이처럼 차분한 우정 관계에 그렇게 오래 머물러 있지 않으리라는 생각에서 벗어날 수 없었던 것이다. 그럴 때면, 음악뿐 아니라 내가 가진 모든 것을 다 내주고라도 곧은 다리로 자유롭게 걷고 싶다는 욕망에 시달리곤 했다.

무오트에 이어 나의 오페라에 대한 비밀을 두 번째로 알게 된 사람은 타이저였다. 그는 내 작업에 없어서는 안 될 사람이었기에 당연한 일이었다. 그는 오페라 대본과 악보를 검토해보더니 굉장한 작품이 되겠다고 흥분해서 소리치며 자기 집으로 나를 초대했다. 그와 알고 지낸 후 처음 있는 일이었다. 타이저의 집에는 어머니와 함께 살던 누이동생이 최근 어머니가 돌아가시자 이곳으로 와서 함께 지내고 있었다. 오랫동안 노총각으로 지내던 타이저는 이렇게 살림을 꾸리게 되니 얼마나 편한지 모르겠다고 큰 소리로 농담을 했다. 그의 누이동생은 오빠만큼 밝고 순진한 눈을 가진 조용하면서고 명랑한 처녀였다. 그녀의 이름은 브리기테였다. 그녀는 케이크와 맑은 녹색의 오스트리아 와인, 시가를 내왔다. 그녀도 오빠와 마찬가지로 모차르트

숭배자였다. 그녀는 「마술피리」의 아리아와 「돈 조반니」의 일부분을 오빠의 피아노와 바이올린, 혹은 기타와 휘파람 반주에 맞추어 노래했다. 이후 나는 일요일마다 타이저의 집에 식사 초대를 받았다. 브리기테는 오빠를 사랑하는 만큼 나를 존경했다. 그녀에게 나는 명작곡가였던 것이다. 식후에 우리는 푸른 하늘이 조금이라도 보이면 전차를 타고 교외로 나가 언덕이나 숲을 산책했으며 잡담을 나누고 노래를 불렀다. 오누이는 누가 시키지 않아도 고향의 요들송을 몇 번이고 소리 높여 부르곤 했다.

한편 게르트루트가 자신의 소프라노 파트를 모두 익히자 그녀의 집을 자주 방문해서 피아노 앞에서 함께 즐거운 시간을 보낼 수 있는 기회는 실질적으로는 사라진 셈이었다. 그녀는 내가 그것을 애석하게 여긴다는 사실, 그러면서도 그 만남을 이어갈 구실을 찾지 못해 안달이라는 사실을 눈치챘다. 그녀는 정기적으로 그녀의 노래 반주를 맡아달라는 놀라운 제안을 내게 했다. 덕분에 나는 일주일에 두세 번씩 오후에 그녀의 집을 찾아갈 수 있게 되었다. 임토르 씨는 우리 사이의 우정을 좋게 보았고 아직 젊은 나이에 집안 살림을 도맡아 하고 있는 딸을 신뢰하고 있었기에 우리가 하는 대로 내버려두었다.

초여름의 화사함으로 넘쳐나는 그 집 정원을 지나 집 안으로 들어가면서 나는 늘 어떤 성소(聖所)에 들어가는 기분이었다. 나는 피아노 앞에 앉아 게르트루트의 노래를 들었다. 그녀의 목소리는 늘 너무나 자연스럽게 날아올랐다. 노래가 한 곡 끝나면 우리는 서로 마주 보고 웃었다. 마치 서로를 믿는 오누이 산에 주고받는 미소처럼 완벽한 조화를 이룬 웃음이었다. 그럴 때면 내가 손을 내밀기만 해도 내 행복을 영원히 내 손에 잡을 수 있을 것 같았다. 하지만 나는 그렇게 하지 않았다. 그녀가 나와 마찬가지로 절실한 갈망을 드러낼 때까지 기다리고 싶었다. 하지만 게르트루트는 그저 이 상태에 만족한 듯 그 이상은 바라지 않는 것 같았다. 심지어 그녀가 우리들 간의 이 평온한 관계, 우리들의 우정의 이 봄날을 깨뜨리지 말아달라고 은밀하게 간청하고 있는 듯한 느낌이 든 적도 자주 있었다.

나는 실망했지만 그녀가 정말로 깊이 내 음악에 빠져든다는 사실, 그녀가 내 음악을 진정으로 이해하고 있으며 그것을 자랑스럽게 여기고 있다는 사실로 위안을 삼았다.

6월이 될 때까지 그런 상태가 지속되었다. 게르트루트는 아버지와 함께 산으로 바캉스를 떠났고 나는 홀로 남았다. 그녀의 집 앞을 지날 때마다 인기척이 없는 그 집을 바라보며 나는

제5장

125

고통스러워했고 밤이면 잠을 이루지 못했다. 나는 열에 들뜬 채 게르트루트, 게르트루트라는 이름을 부르며 왜 나를 이런 놈으로 만들었는지, 왜 나를 불구로 만들었는지 하느님께 따지듯 물었다. 또한 왜 다른 사람들은 다 누릴 수 있는 행복 대신에 내게는 음으로만 내 욕망을 펼쳐 놓을 수밖에 없는 그 잔인한 위안, 나의 그 간절한 욕망을 음악이라는 비현실적인 환상 속에서나 되풀이해서 보여줄 수밖에 없는 그 잔인한 위안을 주셨는지 물었다.

낮에는 그런대로 나의 격정을 누를 수 있었다. 나는 이른 아침부터 이를 악물고 일에 매달렸고 억지로 오래 산책을 하며 자신을 달랬으며 찬물로 샤워를 하면서 기운을 냈다. 그리고 밤이 되면 내게 다가오는 그 어두운 그림자를 피해 명랑한 타이저 오누이의 곁으로 피신했다. 나는 그들 곁에서 몇 시간의 안정을 찾을 수 있었고 때로는 즐거워할 수도 있었다. 나의 괴로워하는 모습, 마치 병든 것 같은 나의 모습을 보고 타이저는 너무 일에 몰두하지 말라고 내게 충고했다. 하지만 타이저마저 동생과 함께 산으로 바캉스를 떠나자 나는 완전히 비참한 지경에 빠지고 말았다. 타이저는 나보고 함께 떠나자고 했지만 불구인 내가 그들에게 방해가 될까 봐 받아들일 수 없었다. 그들이 떠난 뒤 두 주일 동안 나는 불면과 무기력에 빠진 채 도시에 남아 있었다. 일도 더 이상 진척되지 않았다.

그러던 어느 날 게르트루트가 발리스의 어느 마을에서 알펜로제 꽃을 가득 채운 상자를 내게 보내왔다. 그녀의 글씨와 약간 시든 꽃들을 바라보니 그녀의 사랑스런 눈이 나를 바라보고 있는 것 같았다. 그러자 나의 이 광란 상태, 그녀에 대한 나의 불신이 부끄럽게 여겨졌다. 나는 나의 감정을 그녀에게 그대로 알리는 게 나을 것 같다고 생각하고 다음 날 그녀에게 짧은 편지를 썼다. 나는 반은 농담조로, 나는 전혀 잠을 이루지 못한다, 당신에 대한 그리움 때문이다, 당신을 사랑하기에 지금의 우정은 받아들일 수 없다, 라고 썼다. 편지를 쓰는 동안 다시 격정이 솟구쳤고 거의 농담 비슷하게 시작한 편지가 끝에 가서는 격렬해졌다.

우체부는 거의 매일 타이저 남매가 보낸 안부 편지와 그림엽서를 내게 전달해주었다. 그들의 편지를 받을 때마다 내가 얼마나 실망했는지 그들은 알 턱이 없을 것이다. 나는 다른 사람의 소식을 간절하게 기다리고 있었던 것이다.

마침내 그것이 왔다. 게르트루트의 또박또박한 글씨가 적혀 있는 회색 봉투였다. 나는 떨리는 손으로 봉투를 열었다.

제5장

친애하는 벗에게,

당신의 편지에 당황했어요. 당신이 고통스러워하고 있는 것을 알겠어요. 만일 그렇지 않았다면 이런 식으로 지를 놀라게 한 데 대해 꾸짖었을 거예요. 내가 당신을 너무 좋아한다는 걸 알고 계시지요? 하지만 나는 지금 이대로가 좋고, 이 상태를 바꾸고 싶지 않아요. 만일 당신을 잃게 될 위험이 닥치면 그걸 막기 위해 나는 무슨 일이든 할 거예요. 하지만 당신의 열정적인 편지에는 답할 수가 없어요. 참고 기다려주세요. 그리고 우리가 다시 만나 이야기를 나눌 수 있을 때까지 그 문제는 지금 이대로 두도록 해요. 그러면 모든 게 다 잘될 거예요.

당신의 게르트루트로부터

이 편지로 달라질 것은 아무것도 없었지만 편지를 받고 나는 행복했다. 어쨌든 그녀는 그 무언가를 보여준 셈이었다. 그녀는 내 사랑 고백을 받아주었고 나를 거절하지 않았다. 그녀의 편지는 그녀 자신만큼 맑고 차분했기에 나는 그녀의 편지를 읽으면서 그녀가 바로 내 앞에 있는 듯 느꼈다. 내가 그리움으로 그

려냈던 그녀의 이미지 대신에 그녀의 실제 모습이 내 마음에 나타난 것이다. 그녀의 눈길은 내게 믿으라는 말을 건네고 있었다. 나는 부끄러움과 자부심을 동시에 느꼈다. 그 눈길은 나의 몸을 태우는 열정을 극복하고 타오르는 소망을 억누르는 데 도움이 되었다. 비록 완전히 위로가 된 것은 아니었지만 나는 그 눈길을 받으며 힘을 얻고 다시 일어났다. 나는 일거리를 들고 시내에서 두 시간쯤 떨어진 마을의 여인숙에 방을 얻어 투숙했다.

그동안 나는 어디에도 뿌리내리지 못하고 외롭게 지내왔다. 고향에서도 마찬가지였으며 부모님과 편지를 주고받았지만 안부만 주고받는 의례적인 편지일 뿐이었다. 나는 직장을 그만두고 창작에 몰두하려 했지만 내게 온전한 충족감을 주지 못했다. 또한 친구들은 나를 완벽하게 이해하지 못했다. 오직 게르트루트만이 서로 온전히 이해할 수 있는 존재였고 완벽한 조화를 이룰 수 있는 존재였다. 내가 창작을 하면서 오로지 거기에서 내 삶의 의미를 찾고 있지만 혹시 그것은 환상 속의 공중누각을 짓는 짓이 아닐까? 음들을 줄지어 쌓아놓는 일, 기껏해야 남들을 한 시간 정도 즐겁게 해줄 뿐인 그 일이 의미가 있을까?

그럼에도 불구하고 그 여름 동안 나는 일에 몰두했다. 그리고 세부적인 부분에서는 손볼 곳도 많고 실제로 일부분만 완성된 셈이었지만 내부적으로는 오페라를 완성했다. 가끔 이 모든 게 허상처럼 보일 때도 있었지만 어쨌든 나는 내 작품의 생명과 힘을 확신했다. 내 작품은 내 체험에서 비롯된 것이었으며 그 혈관에는 피가 흐르고 있었다. 이 오페라에는 내 모든 청춘이 깃들어 있었다.

이제 여름이 끝나가고 있었다. 심한 소나기가 내리는 어두운 밤에 나는 서곡을 끝냈다. 아침에는 빗발이 가늘어져 있었다. 하늘은 온통 잿빛이었고 정원은 가을 분위기를 풍기고 있었다. 나는 짐을 꾸려 다시 시내로 들어왔다.

타이저와 누이동생 브리기테도 여행에서 돌아와 있었다. 나를 본 그들은 내 오페라가 어떻게 되었는지 너무 궁금해했다. 우리는 함께 서곡을 검토했다. 타이저가 내 어깨에 손을 얹고 누이동생에게 "브리기테, 이 친구를 잘 봐둬. 위대한 음악가가 네 눈앞에 있는 거야"라고 말했을 때는 나까지 덩달아 엄숙한 기분이 되었다.

이어서 게르트루트보다 먼저 무오트가 돌아왔다. 어느 날 아침 불쑥 내 방으로 들어온 그는 내 얼굴을 한참 동안 쳐다보았다.

"아니, 얼굴이 왜 이 모양이오?" 그가 고개를 저으며 말했다. "하긴 그런 작품을 쓰고 있으니 그럴 만하지."

"당신 배역 부분을 검토해 봤어요?"

"검토라니? 속속들이 다 익혀 놓았는데……. 원한다면 당장 불러줄 수 있어. 정말 대단한 곡들이야."

"정말 그렇게 생각해요?"

"물론이지. 당신의 좋은 시절은 다 간 거요. 두고 봐요. 오페라가 공연되면 지금의 껄렁한 명성 따위는 다 날아가버릴 테니. 하긴 나랑은 상관없는 일이지. 언제 노래해볼까요? 두세 군데 지적할 곳이 있긴 하지만……. 그래, 오페라는 어디까지 완성되었소?"

나는 그에게 보여줄 수 있는 부분은 모두 보여주었다. 그러자 그는 나를 곧장 그의 집으로 데려갔다.

나는 그를 염두에 두고 쓴 부분이 노래로 불리는 것을 처음 들었다. 나는 그의 노래를 듣고 나의 음악의 힘을 느꼈다. 이제야 비로소 머릿속에서 무대 전체를 그려볼 수 있었으며 나 자신의 불꽃이 내게 다가와 그 열기를 느끼게 해주는 것 같았다. 마치 오페라가 내 작품이 아닌 듯이, 내 작품이었던 적이 없었던 듯 느껴졌고 스스로 생명을 지닌 채 그 힘으로 내게 영향력을 미치는 것 같았다. 나는 처음으로 작품이 작가와 분리되는 현상을 경험했다. 이제껏 내가 믿지 않고 있던 현상이었다. 조금 전까지도 내 손에 있던 작품이 저쪽에 서서 스스로 움직이면서 생명의 신호를 보내기 시작하고 있었다. 그것은 이미 내 것이 아니었다. 그것은 마치 어느새 훌쩍 아버지보다 커버린 자식 같았다. 그것은 스스로 자립해서 자신의 눈으로 나를 바라보고 있었다. 하지만 그 이마에는 내 이름이 적혀 있었고 나와 닮은꼴이었다.

무오트는 이미 자기 노래를 충분히 익혀 놓은 상태였다. 나는 그가 손 좀 보았으면 하는 부분을 그대로 수용했다. 그는 소프라노 역은 누가 맡을 것인지 궁금해했다. 나는 게르트루트의 이야기를 할 수밖에 없었다. 나는 차분하게 과장하지 않고 그녀에 대해 말했다. 무오트는 그녀의 이름을 이미 들어서 알고 있었지만 임토르 씨의 집에 가본 적은 없었다. 그는 게르트루트가 자신이 맡은 부분에 대한 연구와 연습이 끝났고 벌써 노래를 할 수 있다는 이야기를 듣고 놀랐다.

"그렇다면 목소리가 아주 좋겠군. 아주 높고 듣기 좋겠어. 언제 한번 거기 데려다줄 수 있겠소?"

"그러려던 참이었어요. 당신이 두서너 번 임토르 양과 함께 노래하는 것을 듣고 싶어요. 고칠 부분도 있겠지요. 그 사람들이 돌아오는 대로 부탁해볼게요."

"당신은 정말 행운아요. 타이저 씨가 편곡을 도와줄 것이고……. 이 오페라는 분명히 성공할 거요."

나는 아무 말도 하지 않았다. 미래나 오페라의 운명에 대해서는 아직 생각할 여유가 없었다. 무엇보다 아직 미완성이었다. 하지만 무오트의 노래를 듣고 나니 내 작품의 힘을 믿을 수 있게 되었다.

마침내 게르트루트가 아버지와 함께 돌아왔다. 이미 서서히 낙엽이 지기 시작한 어느 날 임토르 씨의 집을 찾아가며 내 가슴은 심하게 두근거렸다. 햇볕에 약간 그을려 더욱 아름답고 매력적인 얼굴이 된 게르트루트가 웃으며 나를 맞았다. 사랑스런 목소리와 맑은 눈, 자연스러운 태도는 여전했다. 나도 그녀의 자연스러움에 물들어 조금도 쑥스럽지 않았다. 나는 편지에서 드러낸 내 소망과 열정에 대해 언급할 엄두를 내지 못했으며 그녀도 그에 대해 일체 말이 없었다. 그녀의 행동에는 내 편지로 인해 우리의 우정에 금이 가고 위험에 처했음을 보여주는 기색은 전혀 없었다. 그녀는 나를 믿고 있었고, 내가 그녀의 의지를 존중한다는 것, 그녀 자신이 내게 먼저 재촉하지 않는 한 사랑 고백을 되풀이하지 않으리라는 것을 알고 있었기에 아무 거리낌 없이 단둘이 있는 기회를 만들었다.

우리는 곧바로 내가 여름 동안 쓴 부분들을 함께 검토하고 연구했다. 그리고 무오트가 주인공 역을 수락했다고 말해준 다음, 두 주인공이 함께 연습할 필요가 있으니 언젠가 무오트를 데려와도 좋겠느냐고 물었다. 그녀는 받아들였다.

"썩 마음이 내키는 건 아니에요." 그녀가 말했다. "당신도 알다시피 나는 다른 사람들 앞에서는 노래하지 않아요. 게다가 무오트 씨 앞이라면 더욱 당혹스러울 거예요. 그 사람이 유명한 가수이기 때문만은 아니에요. 무대에 선 모습만 봤지만 어딘가 무서운 데가 있어요. 하지만 어쩔 수 없지요."

나는 그녀가 더욱 겁을 낼까 봐 그녀 앞에서 짐짓 무오트를 변명하거나 칭찬하지 않았다. 일단 노래를 함께 해보면 그와 기꺼이 노래하고 싶어지리라고 나는 확신했다.

며칠 후 나는 마차를 타고 무오트와 함께 임토르 씨의 집으로 갔다. 우리를 기다리고 있던 임토르 씨 부녀가 우리를 맞았지만 임토르 씨는 어딘지 쌀쌀한 기색을 감추지 않았다. 나와 게르트루트가 가깝게 지내는 것에 대해 관대했던 그였지만 무오트가 끼어드는 것을 탐탁지 않게 여기고 있었던 것이다. 하지만 무오

게르트루트

134

트의 태도가 매우 예의 바르고 정중한 것을 보고 부녀는 놀랐다. 난폭한 것으로 알려진 이 유명한 가수가 나무랄 데 없이 처신하면서 우쭐대지도 않고 겸손하게 분명히 자신의 의견을 밝히는 모습을 보고 놀라지 않는 것이 오히려 이상했다.

"시삭해보실까요?" 삼시 후 세르브무트가 밀했나. 우리는 모두 일어나 음악실로 갔다. 내가 피아노 반주를 했고 드디어 노래가 시작되었다. 게르트루트는 처음에는 쭈뼛쭈뼛 수줍은 듯 노래했지만 자기 차례가 된 무오트는 거침없이 높은 목소리로 노래를 불렀다. 그는 우리를 모두 감동시켰고 게르트루트와 나는 음악에 빠져들었다. 게르트루트가 노래를 부르자 무오트는 그녀를 바라보며 경청했고 마치 동료를 칭찬하듯 그녀에게 찬사를 늘어놓았다. 전혀 과장이 아니었으며 진심이 배어 있었다. 게다가 상류사회 여성들에게 보여줄 수 있는 세련된 매너도 함께 했다.

그때부터 모든 것이 일사천리였다. 우리는 음악으로 친밀해졌으며 음악 속에서 한마음이 되었다. 이제껏 반쯤은 죽은 채 불완전하던 내 작품이 형태를 갖추고 온전한 모습을 드러냈다. 이제 중요한 부분은 거의 완성되었으며 더 염려할 부분이 없음을 느끼고 나는 적이 안심이 되었다. 나는 기쁨을 그대로 드러내며 두 친구에게 감사했다.

무오트와 나는 한껏 고조된 기분으로 그 집에서 나왔다. 그는 자신이 즐겨 찾는 레스토랑으로 나를 데리고 갔다. 그는 마치 즉흥적인 축하연이라도 베풀 듯 샴페인을 마시며 이제까지와는 다르게 내게 반말을 했다. 나는 듣기에 좋아 계속 그러도록 내버려두었으며 내 말투도 어언 반말로 바뀌었다. 나는 그와 진정으로 친구가 되었다고 느꼈다.

그 후로 몇 주가 순식간에 흘렀다. 하지만 우리 셋만 있는 시간은 점점 드물어졌다. 임토르 씨 집에서의 음악의 밤이 열리는 겨울 사교계가 시작되었던 것이다. 이제 무오트도 그 음악회에 자주 참석했다. 하지만 노래를 부르지는 않았다. 한편 나는 겨울 동안 작품을 완성하기 위해 일에 매달렸다. 그러면서 가끔 타이저의 집을 방문하기도 하고 기타 잡일들을 처리하기도 했다. 여러 곳에서 내 가곡이 불리는 데다 나의 현악곡 전체가 베를린에서 연주될 예정이었기에 서신 왕래 등 여러 가지 일이 생긴 데다 문의 편지와 신문 비평이 잇따른 때문이었다. 또한 내 오페라에 대해서는 게르트루트와 무오트, 타이저 세 사람에게만 이야기했을 뿐이었는데도 그에 대한 소문이 퍼지기 시작했다. 나는 너무 쉽게 내 앞에 길이 훤히 열린 것 같아

은근히 기뻤다.

한편 크리스마스를 맞아 나는 일주일 동안 고향 부모님 댁에 다녀왔다. 1년 만의 방문이었다. 어머니는 겉으로는 내게 상냥하게 대해주면서도 예술가의 길을 택한 나에 대한 실망의 빛을 감추지 않았다. 하지만 늘 나를 격려해주고 후원해주던 아버지는 내가 아버지의 도움 없이 스스로 생계를 해결할 만한 능력이 생긴 사실에 기뻐했다. 하지만 고향에서 일주일을 보내고 그곳을 떠나면서 내 마음은 무거웠다. 아버지가 내가 도착하기 전날 넘어지면서 자리에 누워 있었기 때문이었다. 다만 아버지 곁에서 병 수발을 들면서 아버지와 많은 대화를 나누었고, 더욱 친밀한 사이가 된 것은 무엇보다 기쁜 일이었다. 나는 이제부터 부모님과 더 좋은 관계를 가져야겠다고 마음속으로 다짐하며 고향을 떠났다.

오페라 작업과 나의 현악곡 연주로 인한 여행 때문에 한동안 임토르 씨 집을 방문하지 못했다. 그 집을 다시 찾았을 때 전에는 나와 함께가 아니면 그 집에 출입하지 않던 무오트가 가장 자주 초대를 받는 손님이 되어 있었다. 임토르 씨는 여전히 그를 쌀쌀맞게 대하며 거리를 두고 있었지만 게르트루트는 그와 좋은 친구 사이가 된 것 같았다. 나는 그 모습을 보고 흐뭇했다. 질투할 이유는 어디에도 없었다. 나는 두 사람이 너무 다르기 때문에 비록 둘이 서로 흥미를 느끼고 끌릴 수는 있을지 몰라도 서로를 사랑하거나 상대방을 행복하게 해줄 수는 없다고 확신하고 있었다. 그렇기에 나는 둘이 함께 노래하고 둘의 아름다운 목소리가 서로 섞이는 것을 보고도 조금도 의심하지 않았다. 둘 다 키가 컸기에 아주 잘 어울리는 모습이었다. 그는 어둡고 심각했으며 그녀는 밝고 명랑했다. 하지만 최근 들어 어쩐지 그녀가 타고 난 명랑함을 잃고 뭔가 지치고 혼란스러워하는 것 같았다. 그녀는 가끔 호기심 어린 눈으로 내게 무언가를 묻듯 진지하게 쳐다보기도 했다. 뭔가 근심 걱정이 있는 사람이 남들을 바라볼 때의 표정이었다. 그때마다 내가 고개를 끄덕이며 친밀한 모습을 보이면 그녀는 서서히 얼굴 표정을 풀며 미소를 지었다. 나는 그녀가 억지로 미소를 짓는 그 모습에 가슴이 저렸다.

하지만 게르트루트가 그런 모습을 보이는 경우는 아주 드물었다. 평상시의 게르트루트는 여전히 밝고 명랑했기에 나는 나의 그 관찰이 순전히 내 망상의 소산이거나 내 기분 탓이려니 여겼다.

그런데 어느 날 내가 정말로 놀랄 수밖에 없는 그녀의 모습을 보게 되었다. 매우 친한 한 친구가 베토벤을 연주하고 있던 중이었다. 그녀는 어스름 속에서 홀로 의자에 앉아 있었다. 아마 아무에게도 자신의 모습이 보이지 않는다고 믿고 있는 것 같았다. 좀 전에 방에 불이 밝혀져 있을 때까지만 해도 밝고 명랑하던 그녀였다. 그러나 그녀는 무언가 생각에 잠겨 음악에도 마음을 두고 있지 않은 것 같았다. 그녀의 얼굴에는 피로와 불안과 두려움이 나타나 있었다. 그녀는 그런 표정으로 몇 분간 앉아 있었다. 그 모습을 보고 나는 심장이 멎는 것 같았다. 그녀에게 무언가 근심과 슬픈 일이 있음이 분명했다. 그것만 해도 심각한 일이었다. 하지만 그보다는 그녀가 평소에 내게 자신의 그런 모습을 감추고 일부러 명랑한 척한다는 사실이 더 불안했다.

연주가 끝나자 나는 그녀에게 다가갔고 부담 없는 이야기를 나눈 끝에 우리가 오페라 첫 구절을 함께 연주하고 노래하며 의논을 했던 봄철의 이야기를 했다. 그러자 그녀가 말했다.

"그래요, 그때가 정말 좋았어요."

그녀는 그 말뿐 더 이상 아무 말도 없었지만 그것은 고백과도 같았다. 그만큼 그녀의 표정이 진지했다. 나는 그녀의 말에 희망을 품고 마음 깊이 감사했다.

나는 그녀에게 여름에 했던 질문을 다시 하고 싶었다. 하지만 나는 아무 말도 할 엄두를 내지 못했다. 그녀가 보여주는 전에 없이 조심스러운 태도, 당황하는 모습 등은 그녀가 마음속으로 동요하고 있음을 알리고 있었고 그 때문에 가슴이 아팠기 때문이었다. 또한 나는 그녀와의 약속을 지켜야 한다고 생각하고 있었다. 나는 여자를 상대로 어떻게 처신해야 하는지에 대해서는 완전히 숙맥이었다. 나는 무오트와는 정반대되는 방향에서 그와 똑같은 실수를 저질렀다. 나는 친구를 다루듯 여자를 다루었던 것이다.

게르트루트의 태도가 왜 변했는지 어렴풋하게 밖에 이해할 수 없었던 데다, 그 태도에 대한 내 해석이 별로 틀린 것 같지도 않았으므로 나는 그녀의 집 방문 횟수도 줄이고 그녀와의 친밀한 대화도 피했다. 그녀도 그것을 눈치채고 반가워하는 것 같았다. 나는 겨울과 함께 이 흥겨운 사교 모임이 끝나면 우리 두 사람이 다시 조용히 지낼 수 있는 시절이 올 것이니 그때까지 기다리기로 마음먹었다. 하지만 그녀가 측은하게 여겨질 때가 잦아졌고 그럴 때면 무언가 심상치 않은 일이 벌어지고 있는 것 같아 불안하기 그지없었다.

2월이 되었다. 나는 이런 긴장 상태가 너무 괴로워서 봄이

오기를 애타게 기다리고 있었다. 무오트는 거의 모습을 볼 수 없었다. 물론 그는 오페라 하우스의 공연 일에 열심이었고 유명한 두 극장으로부터 초청을 받아 어느 쪽을 택해야 할지 망설이고 있었다. 그에게는 더 이상 여자 친구도 없는 것 같았다. 적어도 그가 로테와 헤어진 뒤로는 그의 집에서 더 이상 여자를 본 일이 없었다. 얼마 전 그의 집에서 열린 생일 파티 이후로 나는 그를 만나지 못했다.

나는 게르트루트의 변한 모습, 과로, 겨울 동안 누적된 피로 등으로 심신이 피폐해 있었다. 나는 무오트와 이런저런 이야기를 나누고 싶어 그를 찾아갔다. 그는 셰리주를 내놓고 무대에 대한 이야기를 했다. 그도 피곤에 지쳐 있었고 뭔가 괴로운 것 같았으며 이상하게도 말투가 부드러웠다. 나는 그의 말에 귀를 기울이며 방 안을 둘러보았다. 내가 그에게 임토르 씨 댁에 가 보았느냐고 물으려던 순간 나는 책상 위에서 편지 봉투를 하나 발견했다. 게르트루트의 필적이었다. 이런저런 생각할 것도 없이 나는 곧바로 두려움과 고통에 사로잡혔다. 초대 편지인지도 모르고 단순한 의례적 편지일 수도 있었다. 하지만 아무리 그러지 않으려 애를 써도 의심이 드는 것을 어쩔 수 없었다.

나는 겨우 마음을 가라앉히고 그의 집을 나섰다. 나는 본의

제5장

141

아니게 모든 것을 알게 된 것이다. 그것은 그냥 하찮은 초대장이거나 그저 우연일 수도 있었다. 하지만 나는 전혀 그렇지 않다는 것을 단번에 알았다. 나는 홀연 최근에 벌어진 모든 일들을 훤히 꿰뚫을 수 있었다. 모든 것을 제대로 알아보자는, 좀더 기다려보자는 생각이 들지 않은 것은 아니었지만 그것은 모두 구실이나 자기기만에 지나지 않았다. 화살이 내 가슴에 깊이 꽂혀 내 핏줄에 독을 퍼뜨렸다. 집으로 돌아와 가만히 앉아 있자니 멍한 상태는 걷히고 나를 얼어붙게 만들 정도로 차갑고 명증한 생각이 나를 사로잡았다. 이제 내 삶은 꺾인 것이고 믿음과 희망은 모두 꺼져버린 것이다.

나는 며칠 동안 눈물조차 흘릴 수 없었다. 마치 고통스러워할 수조차 없는 것 같았다. 별다른 깊은 생각 없이 나는 내 삶을 마감하리라고 작정했다. 아니, 차라리 더 이상 살고 싶다는 욕망이 꺼져버린 것 같았다. 죽음이라는 것이 좋은 것인지 나쁜 것인지 생각해볼 겨를 없이 당장 집행해야만 하는 일처럼 여겨졌다.

그 전에 처리해야 할 몇 가지 일들이 있었지만 그중에 무엇보다 게르트루트를 방문하는 일이 우선이었다. 어떤 식으로건 사태를 정리하고 싶었고 무언가 확신을 얻고 싶었다. 물론 무오트를 통해 모든 것을 확인할 수도 있었을 것이다. 나는 무오트의 죄가 게르트루트의 죄보다 가볍다고 생각하고 있었음에도 불구하고 왠지 그에게 가볼 마음이 들지 않았다. 나는 곧바로 게르트루트를 찾아갔지만 만나지 못했다. 다음 날 나는 그녀를 다시 찾아갔고 그녀의 아버지와 함께 셋이서 잠시 이야기를 나누었다. 임토르 씨는 우리 둘이 음악에 대해 이야기를 나눌 게 있으리라 생각하고 곧 자리를 비켜주었다.

나는 내 앞에 서 있는 그녀를 호기심에 찬 눈길로 바라보았다. 약간 변해 있는 듯했지만 여전히 아름다웠다.

이윽고 내가 입을 열었다.

"또다시 당신을 괴롭히게 된 것을 용서하십시오. 내가 지난여름 당신에게 편지를 보냈지요? 지금 그 답을 들을 수 있겠습니까? 아마 오랫동안 여행을 해야 할 것 같습니다. 그렇지 않다면 기다렸을 것입니다. 당신이 직접……."

내 말 도중에 그녀가 파랗게 질린 채 놀란 눈으로 나를 바라보았기에 나는 그녀를 돕는다는 심정으로 말을 이었다.

"물론 안 된다고 하시겠지요? 그럴 줄 알고 있었습니다. 다만 확인하고 싶었을 뿐입니다."

그녀는 슬픈 표정으로 고개를 끄덕였다.

제5장

143

"하인리히이지요?" 내가 물었다.

그녀가 다시 고개를 끄덕였다. 그러더니 갑자기 깜짝 놀란 듯 내 손을 붙잡았다.

"저를 용서해주세요! 그리고 제발 그 사람을 그냥 내버려 둬 주세요."

"그런 걱정은 마십시오." 나는 그 말을 하면서 웃음이 나오는 것을 참을 수 없었다. 무오트에게 그토록 집착하면서도 그에게 매를 맞았던 마리안과 로테 생각이 났던 것이다. 아마도 그는 게르트루트에게도 손찌검을 해서 그녀의 타고난 고결함을 훼손시킬 것이며, 신뢰 그 자체인, 그녀라는 존재 전부를 파멸시켜 버리리라!

나는 다시 말을 이었다.

"게르트루트 양, 한 번만 더 깊이 생각해보기 바랍니다. 나를 위해서가 아닙니다. 지금 내 처지가 어떤 것인지 모를 정도로 나는 바보가 아닙니다. 하지만 무오트는 결코 당신을 행복하게 해줄 수 없습니다. 자, 안녕히 계십시오."

나는 결코 냉정함과 침착함을 잃지 않았다. 하지만 게르트루트가 내 손을 잡더니 내가 이미 로테에게서 들어서 익숙한 어조로, 마치 병든 사람처럼 나를 바라보며 "이렇게 가버리지 마세요. 제게 너무 하시는 거예요!"라고 외치자 내 가슴은 찢어지는 것 같았으며 도저히 고통을 주체하기 힘들었다.

나는 그녀의 손을 잡고 말했다.

"당신을 괴롭힐 생각은 없어요. 하인리히에게 해를 끼치고 싶은 생각도 없어요. 하지만 좀 더 기다려주세요. 그에게 완전히 정복당하지 말아주세요! 그는 자신이 좋아하는 모든 것을 파괴해버리는 사람입니다!"

그녀는 고개를 흔들며 내 손을 놓았다. 그리고 나직이 말했다.

"안녕히 가세요. 제게는 죄가 없어요. 저를 좋게 봐주시면 감사하겠어요. 하인리히도요."

그것으로 끝이었다. 집으로 돌아온 나는 사무적으로 계획했던 일들을 처리했다. 그러는 동안 물론 고통으로 목이 메고 가슴으로 피를 토하는 듯했지만 내게는 그런 나 자신이 마치 멀리서 바라보는 존재인 것 같았다. 나는 스스로에게 심드렁해졌다. 얼마 남지 않은 생의 날들이 기분 좋은 날들이건 고통스러운 날들이건 별로 중요하지 않았다. 나는 미완성 오페라를 정리한 후에 타이저에게 보낼 편지를 덧붙여 놓았다. 가능하다면 그것만이라도 남기고 싶어서였다. 동시에 나는 자살 방법에 대해서도 열심히 생각했다. 부모님을 배려하고 싶은 마음이 들었지만 그 어떤 방법을 택하더라도 마찬가지일 것 같았다. 마침내 나는 방법은 별로 중요한 게 아니라고 생각했다. 나는 권총으로 결정했다. 이 모든 문제들이 그저 흐릿한 환상이고 비현실적인 것으로 여겨질 뿐이었다. 다만 더 이상 살아갈 수 없다는 사실만이 확실할 뿐이었다. 나는 얼어붙은 베일 같은 내 결심 뒤에서 나를 기다리고 있을지도 모를 '삶'의 공포를 느끼고 있었다. 그 삶은 공허한 눈으로 잔인하게 나를 바라보고 있었다. 그 삶의 모습은 '죽음'이라는 혼란스럽고 무심한 모습보다도 한결 추하고 무서웠다.

이틀째 되는 날 오후에 나는 모든 준비를 끝냈다. 나는 다시한번 시내를 한 바퀴 돌아보고 싶었다. 도서관에 반납할 책도 두세 권 있었다. 밤이 되면 이미 살아 있지 않게 되리라는 생각에 내 마음이 가라앉았다. 나는 사고로 부상당해 마취 상태로 누워 있는 사람이 아무런 고통도 느끼지 못한 채 완전히 무의식 상태에 빠져들기를 바라는 것과 비슷한 상태였다. 나는 실제적 고통보다는 의식을 되찾을 수도 있으리라는 무서운 공포에 시달렸고 그렇기에 나를 이렇게 초대한 죽음이 내게서 앗아갈 모든 것을 마지막 한 방울까지 남김없이 비워버려야만 한다는, 모든 것을 무화(無化)시켜야만 한다는 또 다른 공포에 사로잡혀 있었다. 바로 그 공포 때문에 나는 발걸음을 재촉해 황급히 집으로 돌아왔다. 나는 게르트루트의 집 앞을 지나지 않으려고 약간 돌아서 왔다. 깊이 생각해본 것은 아니었지만 그 집을 보기만 해도 내가 벗어나려 하고 있는 그 견딜 수 없는 고통이 다시 습격해서 나를 굴복시킬 수도 있을 것 같았기 때문이었다.

집으로 돌아오자 나는 안도의 한숨을 내쉬며 현관문을 열고 가벼운 마음으로 계단을 올라갔다. 지금은 온갖 고통에 시달리고 있지만 그 모든 것에서 해방되기까지 불과 몇 발자국, 몇 초만이 남아 있을 뿐이었다.

제복을 입은 사나이가 내 쪽을 향해 계단을 내려오고 있었다. 나는 마치 누군가 내 갈 길을 방해하는 것 같은 두려움에 옆으로 빠져나가려고 비켜섰다. 그러자 그가 모자에 손을 얹으며 내 이름을 불렀고 나는 비틀거리며 그를 바라보았다. 내가 두려워하던 일, 그러니까 누군가 내 이름을 부르고 내가 멈춰서는 일이 벌어지자 나는 온몸이 떨렸다. 갑자기 온몸에서 힘이 다 빠져버렸다. 내 방까지 가지도 못하고 그 자리에서 그대로 쓰러질 것 같았다. 나는 그대로 계단에 주저앉았다. 그는 내게 어디 아프냐고 물었고 나는 세차게 고개를 저었다. 그는 손에 쥐고 있던 것을 내게 주려고 했다. 나는 "싫소!"라며 거부했다. 그는 내 겨드랑이에 팔을 끼고 나를 일으켰다. 그의 부축을 받으며 나는 방으로 들어갔다. 여전히 의아한 눈길을 보내는 그에게 나는 내 다리를 가리키며 아프다는 시늉을 했다. 그는 내 말을 믿었다. 나는 지갑을 꺼내어 그에게 1마르크를 주었고 그는 고마워하며 내가 거부한 것을 내 손에 떠맡겼다.

그것은 전보였다. 그리고 책상 위에는 편지가 한 통 놓여 있었다. 나는 아무 생각 없이 편지를 주머니에 넣었다. 잔인한 일이었다. 그 누군가가, 혹은 그 무언가가 내 계획을 방해한 것이다. 누군가 나를 자유롭게 해주지 않으려고, 내게 고통을 끝까지 맛보라고, 끝까지 물어뜯기고 얻어맞으라고 나를 가로막고 있는 것이다.

이 전보가 왜 그토록 나를 사로잡았는지 나는 모르겠다. 나는 오랫동안 전보를 열어보지 않고 책상 앞에 앉아 있었다. 마치 그 전보 안에 나를 만류하는 힘이, 내가 벗어나려는 것을, 견딜 수 없는 것을 견디라고 내게 요구하는 힘이 들어 있는 것 같았다. 나는 결국 전보를 열어보았다. 전보를 여는 나의 손이 떨리고 있었다. 나는 낯선 외국어를 번역이라도 하듯 천천히 그 내용을 파악할 수 있었다.

부친 위독, 속래 요망, 모.

나는 서서히 그 의미를 이해할 수 있었다.

나는 어제까지만 해도 부모님을 생각하며 그들을 고통에 빠지게 만들어야 한다는 사실에 안타까워하고 있었다. 하지만 그때의 부모님에 대한 생각이나 안타까움은 피상적인 데 불과했다. 그런데 지금 부모님들은 항의하며 나를 부르고 있었고 그들의 권리를 주장하고 있었다. 그때 내가 잊고 있었던 것만 같았던 아버지와의 대화가 생각났다. 크리스마스에 고향을 방문했을 때 아버지와 나눈 대화였다. 그때 아버지는 젊은이들이란 이기심과 독립심 때문에, 욕망이 충족되지 못하면 삶을 거부하게 된다고 말했다. 이어서 아버지는 자신의 삶이 타인들과 연결되어 있는 것을 아는 사람들은 자신의 개인적인 요구 때문에 극단을 택하는 행동은 하지 않는다고 말했다. 그런데 나 역시 그런 끈으로 연결되어 있었다. 아버지가 위독하고 어머니가 홀로 아버지 곁에서 나를 부르고 있었던 것이다! 물론 당장에 그 사실들이 내게 큰 충격을 준 것은 아니다. 나는 나의 고통이 더 크다고 믿고 있었다. 하지만 그들에게 더 큰 짐을 안길 수는 없다는 사실, 그들의 간청을 무시하고 그들을 버려둔 채 달아나면 안 된다는 사실은 잘 알고 있었다.

그날 저녁 나는 여장을 꾸려 정거장으로 갔다. 기차가 몇 시간인가 달렸을 때 주머니에 쑤셔 넣은 편지 생각이 났다. 나는 편지를 뜯어보았다. 내 책을 출간한 출판사에서 보낸 편지로서 연주회와 인세 문제에 대한 내용이었다. 또한, 모든 일이 잘 되어가고 있다, 뮌헨의 유명 평론가들이 나에 대해 언급하고 있다는 내용과 함께 신문기사 스크랩이 동봉되어 있었다. 그 글을 읽으면서 나는 영광이 내게 손을 내밀고 있다는 사실을 분명 깨달을 수 있었다. 나는 한순간 미소를 지어야 했다.

그 편지와 기사는 내 눈에 씌워져 있던 가리개를 풀어주었고, 뜻하지 않게 이 세상을 내 앞에 우뚝 서 있게 만들어주었다. 나는 세상을 돌아보았고 세상으로부터 거부당하지 않은 채 그 한가운데 속해 있는 나의 모습을 분명히 볼 수 있었다. 나는 할 수 있는 한 살아가야만 했다. 그것이 가능할까? 그러자 지난 닷새 동안 벌어진 모든 일들, 망연자실한 채 내가 도망가려 했던 그 모든 일들이 다시 생각났다. 모두 오싹했고 쓰라렸으며 부끄러웠다. 그것은 바로 죽음의 선고였다. 나는 그것을 집행하지 않았고 영원히 집행하지 않으리라.

덜커덩거리는 기차 소리를 들으며 나는 차창을 열었다. 어둠에 잠긴 들판들, 기다란 지붕의 농가들, 저 멀리 언덕들이 스쳐 지나갔다. 모든 것들이 마지못해 존재하면서 고통과 혐오감을 뿜어내고 있는 것 같았다. 그 모든 것을 아름답게 보는 사람도 있으리라. 하지만 내게는 오로지 서글프게만 여겨질 뿐이었다. 갑자기 내게 「주여, 당신의 뜻이옵나이까」라는 찬송가가 생각났다.

창밖의 나무들과 들판과 지붕들을 아무리 유심히 바라보려 해도, 내 삶에서 가장 고통스러웠던 일에 생각을 집중하려 해도 소용이 없었다. 심지어 아버지에 대한 생각조차 할 수 없었다. 아버지도 나무들과 어둠 속의 시골 풍경들과 함께 멀어져만 갔다. 내 의지와는 상관없이, 또한 내 노력에도 불구하고 나의 생각은 가서는 안 될 곳으로 되돌아갔다. 내게 고목들이 들어선 정원이 보이고 그 고목들 사이로 집이 보인다. 그 집 현관 앞에 종려나무들이 심어져 있고 벽마다 고풍스런 그림들이 걸려 있다. 나는 안으로 들어가 계단을 올라간다. 이어서 복도를 마치 유령처럼 걸어간다. 그곳에 짙은 금발의 날씬한 여인이 내게서 등을 돌리고 서 있다. 그의 모습도 보인다. 둘이 포옹하고 있다. 내 친구 하인리히 무오트가 늘 그렇듯 슬프고 우울한 웃음을 짓고 있다. 마치 자신이 이 아름다운 여인을 더럽히고 학대하리라는 것을 알고 있지만 어쩔 도리가 없다는 것만 같다. 이 불행한 사나이, 신에게서 버림받은 이 사나이가 가장 매력적인 여성들의 마음을 사로잡을 수 있으며, 나의 사랑, 나의 온갖 호의 같은 것은 아무 소용도 없다니! 오, 이 어찌 이런 터무니없는 일이!

잠이었는지 졸음이었는지 분명치 않은 상태에서 깨어나자 창밖으로 희뿌연 아침 안개와 잿빛 하늘이 보였다. 나는 굳어 있는 손발을 펴면서 슬픔을 느낌과 동시에 머리가 맑아졌다. 내 앞에 펼쳐진 세상이 우울하고 따분해 보였다. 그리고 무엇보다 우선 아버지와 어머니 생각이 났다. 고향의 다리와 집들이 모습을 드러냈을 때는 아직 이른 아침이었다. 정거장의 소음과 악취에 기차에서 내리기조차 싫었다. 하지만 나는 억지로 몸을 일으켜 가방을 들고 가까운 곳에 있는 마차에 올랐다. 마차는 아스팔트길과 살짝 얼어붙은 자갈길을 지나 이윽고 우리 집 널찍한 문 앞에 멈춰 섰다. 한 번도 닫혀본 적이 없는 문이었다.

하지만 지금 그 문은 닫혀 있었다. 나는 놀랍고 당황해서 초인종 줄을 잡아 당겼다. 하지만 아무런 응답이 없었다. 나는 고개를 들어 집을 올려다보았다. 집 안으로 들어갈 수 있는 모든 문이 닫혀 있는, 무슨 불쾌한 꿈을 꾸고 있는 것 같았다. 마부는 놀란 눈으로 나를 바라보며 기다리고 있었다.

나는 다른 문 쪽으로 가보았다. 평소에 거의 드나든 적이 없던 문이었다. 그 문은 열려 있었다. 그 문 뒤에는 아버지의 사무실이 있었다. 안으로 들어가니 평소처럼 회색 상의를 입은 직원들이 조용히 앉아 있었다. 그들은 나를 보자 자리에서 일어나더니 내게 공손하게 인사했다. 20년 전부터 회사의 회계를 담당하고 있는 클렘이 슬픈 표정으로 나를 바라보았다.

"왜 문이 잠겨 있지요?" 내가 물었다.

"안에 아무도 안 계십니다."

"아버지는 어디 계신데요?"

"병원에 계십니다. 사모님께서도."

"그렇다면 아직은?"

"네, 아침까지는 괜찮으셨습니다. 하지만……."

"아, 알았습니다. 그런데 도대체 어찌 된 일이지요?"

"네? 아, 모르셨군요. 역시 발 때문입니다. 상처를 잘 돌보지 못했기 때문이라고들 이야기합니다. 갑자기 고통스러워하시면서 비명을 지르셨습니다. 병원으로 모셨지요. 패혈증이라고 하더군요. 그래서 어제 2시 반에 전보를 드린 겁니다."

나는 빵과 포도주로 간단히 요기한 후 여전히 대기 중이던 마차에 올랐다. 잠시 후 마차는 병원 입구에 도착했다. 하얀 모자를 쓴 간호사들과 푸른 줄무늬 옷을 입은 병원 직원들이 병원 복도를 오가고 있었다. 누군가 내 손을 잡고 병실로 안내했다. 어머니의 모습이 보였다. 어머니는 눈물이 글썽한 채 나를 향해 고개를 끄덕였다. 아버지가 마치 몸이 오그라든 듯 변한 모습으로 철제 침대에 누워 있었다. 이상하게도 아버지의 짧은 턱수염이 빳빳하게 서 있었다.

아버지는 여전히 살아 계셨다. 눈을 뜬 아버지는 열이 펄펄 나는 가운데도 나를 알아보았다.

"여전히 음악을 작곡하니?" 아버지가 조용히 물었다. 아버지의 목소리와 시선은 상냥했지만 마치 그 웃음에는 조롱기가 담겨 있는 것 같았다. 아버지는 더 이상 전해줄 말이 없다는 듯 내게 눈짓을 했다. 나는 아버지의 눈길에서 여전히 지혜를 읽을 수 있었다. 지쳐 있고 비웃는 듯했지만 마치 그 눈길은 내 마음속을 속속들이 들여다보고 모든 것을 다 알고 있는 것만 같았다.

"아버지." 내가 아버지를 불렀다. 하지만 아버지는 여전히 미소 지으며 반쯤 조롱하는 것 같으면서도 방심한 듯한 눈길을 내게 흘낏 주더니 다시 눈을 감았다.

"얘, 너 얼굴이 왜 그런 거니?" 어머니가 두 팔로 나를 안으며 말했다. "너무 놀란 모양이구나."

나는 아무 말도 할 수 없었다. 곧이어 젊은 의사가 왔고 뒤따라서 나이 든 의사가 와서 위독한 환자에게 모르핀을 주사했다. 그리고 방금 전까지도 모든 것을 다 이해하고 알고 있는 것 같았던, 그토록 지혜롭던 아버지의 두 눈은 다시는 떠지지 않았다. 어머니와 나는 아버지 곁에 앉아 깊이 잠든 아버지를 바라보았다. 아버지의 얼굴이 차츰 평화롭게 변하는 것을 바라보며 우리는 아버지의 임종을 기다렸다. 몇 시간을 더 살아계시던 아버지는 오후 늦게 숨을 거두었다. 나는 흐릿한 슬픔과 극도의 피곤함만 느낄 수 있을 뿐이었다. 바싹 말라버려 타오르는 것 같은 눈으로 침대 곁에 앉아 있던 나는 저녁에 고인의 곁에 앉은 채 잠에 빠져들었다.

제5장

155

제6장

전에도 나는 산다는 것은 쉽지 않다고 비록 막연하게나마 가
끔 느낀 적이 있었다. 그런데 이제 그 우울한 생각에 깊이 빠져
들 이유가 생긴 셈이었다. 삶에는 모순이 존재한다는 생각이
이제까지 나를 떠난 적이 없었다. 내 삶을 보아도 그렇다. 내 삶
은 비참하고 어려웠다. 하지만 다른 사람들에게는, 심지어 이따
금 나 자신에게조차 내 삶은 풍요롭고 멋져 보였다. 내게 인간
의 삶이란 때때로 번갯불이라도 번쩍이지 않으면 견딜 수 없는
깊고 슬픈 밤처럼 보였다. 갑자기 번쩍이며 빛을 발하는 그 순
간은 우리에게 위안을 주는 순간이며 경이로운 순간이다. 단지
몇 초에 불과할 뿐인 그 순간이 어둠에 잠겨 있던 수많은 세월
을 지워주고 그 세월을 정당화해준다.

우울하고 쓸쓸한 어둠이 우리의 되풀이되는 일상적 삶을 깊게 물들이고 있다. 왜 사람들은 반복해서 아침에 일어나 먹고 마시고, 다시 잠자리에 드는가? 어린아이나 야만인, 건강한 젊은이는 이렇게 되풀이되는 일로 인해 고통스러워하지 않는다. 별로 생각을 하지 않고 사는 사람은 아침에 일어나서 먹고 마시는 일을 즐긴다. 그는 그에 만족하고 그밖에 다른 것은 원치 않는다. 하지만 그가 그 반복되는 일을 당연한 것으로 여기지 않게 될 때가 온다. 그러면 그는 일상적 삶의 흐름 속에서 진정으로 살아 있는 순간, 그 순간의 빛이 그를 다시 기쁘게 만들고 시간에 대한 의식을 지워버리는 순간, 그의 삶 전체의 의미와 목적에 대한 성찰 자체를 무화시켜버리는 그런 순간을 열렬히 추구하게 된다. 우리는 그 순간을 창조적 순간이라고 부를 수 있다. 바로 그 순간 우리는 창조주와 일체감을 느낄 수 있으며 제아무리 우연한 것들이라도 모두 창조주의 의도에 속해 있는 것으로 느끼게 된다. 신비주의자들이 접신(接神)이라고 부르는 것이 바로 그것이다. 그때의 광휘가 너무 찬란해서 다른 모든 순간들이 어둡게 보이는 것이리라. 그 순간이 너무 자유로운 순간, 매혹적일 정도로 경쾌한 순간, 너무나 행복한 순간이기에 나머지 삶들이 그토록 힘들고 억압적으로 느껴지는 것이리라.

사실 나는 그런 것에 대해 잘 모른다. 나는 그런 철학적 사색을 깊이 해보지 않았다. 하지만 만일 지복(至福)의 상태나 천국이 존재한다면 그것은 바로 그런 순간들이 끊임없이 지속되는 것을 뜻하리라는 것은 안다. 그리고 만일 그 지복(至福)의 상태에 이르기 위해서는 필연적으로 고뇌와 고통을 겪어야만 하는 것이라면 고뇌와 고통이 제아무리 크더라도 그로부터 도망가서는 안 된다는 것도 안다.

아버지 장례식이 끝난 지 며칠이 지나도록 나는 여전히 멍한 상태였고 정신적으로 탈진한 상태였다. 나는 그 상태에서 정처 없이 산책을 다녔다. 그러던 중 나는 우연히 교외 길을 걷게 되었고 자그마한 매력적인 집들이 보이자 어렴풋이 기억이 되살아났다. 몇 년 전에 나를 신지학으로 개종시키려 했던 옛 선생의 정원이 눈에 들어온 것이다.

내가 노크를 하자 선생이 나타났고 나를 알아본 선생은 나를 친절하게 방으로 안내했다. 방 안의 책들과 식물들 주위를 기분 좋은 담배 냄새가 감돌고 있었다.

"잘 지내나?"로에 선생이 물었다. "참, 부친이 돌아가셨지. 애도를 표하네. 자네 얼굴이 안돼 보이는군. 충격이 컸을 거야."

"아닙니다. 전처럼 아버지와 서먹서먹한 사이로 지냈더라면 충격이 더 컸을 겁니다. 하지만 지난번 방문 때 아버지와 친해졌고 그 덕분에 부모로부터 지나친 애정을 받은 못된 아들놈이라는 죄책감에서 어느 정도 벗어날 수 있었습니다."

"그건 반가운 일이로군."

"선생님의 신지학은 잘 되어가고 있나요? 제가 여러 가지로 좀 편치가 않아서 선생님 말씀을 듣고 싶군요."

사실 나는 그의 신지학적인 지혜에서 그 무언가를 얻겠다는 생각에서 그런 말을 한 것이 아니었다. 실은 그 반대였다. 기분이 잔뜩 꼬여 있던 나는 이른바 그의 지혜가 쓸모없다는 것을 증명하고, 그의 행복감과 낙관적인 믿음을 공격하고 싶었을 뿐이었다. 나는 그 누구에게든 호의를 베풀고 싶은 심정이 아니었다.

하지만 로에 선생은 내 선입관처럼 자기만족에 빠진 사람도 아니었고 교리에만 매달려 있는 사람도 아니었다. 그는 정말로 근심어린 눈길로 나를 바라보더니 우울한 표정으로 고개를 저었다.

"이보게, 자네는 병들었네." 그는 분명한 어조로 말했다. "몸이 아프다면야 시골에 가서 죽어라 하고 일을 하면 나을 수 있겠지만 자네는 다른 병을 앓고 있어. 자네는 정신적으로 병들었어."

"그래요?"

"맞아, 자네는 유행병에 걸린 거야. 지식인들 사이에 만연해 있는 병이지. 의사들은 그 병이 있는지 알지도 못해. 개인주의 혹은 망상적 고독이라고 부를 수 있는 병인데, 정신이 건강하지 못해서 걸리는 병이야. 요즘 책들에 만연해 있지. 그게 자네에게도 스며든 거야. 나는 고립되어 있다, 아무도 나와 상관이 없다, 아무도 나를 이해하지 못한다, 뭐, 이런 생각을 자네는 하고 있을 거야. 그렇지 않은가?"

"네, 거의 비슷합니다." 나는 놀라면서 인정했다.

"잘 듣게. 그 병에 걸린 사람이 한두 번 실망스러운 일을 겪게 되면 일종의 신념 같은 것을 갖게 돼. 자신과 남들 사이에는 아무런 관계도 없고 기껏해야 서로 오해만 하고 있을 뿐이며 사람들은 완벽한 고독 상태에 빠져 있다는 신념, 그 누구도 상호 이해가 불가능하며 그 무언가를 나누거나 함께 하는 것은 불가능하다는 신념 말일세. 그런 병자에게 자만심이 덧붙여지면 최악이 된다네. 서로 이해하고 사랑하며 살아가는 사람들을 모두 어리석은 양 떼들이라고 비웃게 되는 거야. 그 병이 사람들 사이에 만연하게 된다면 인류는 멸망하게 될 거야. 다행히 지금은 중부 유럽의 상류사회만 휩쓸고 있을 뿐이야. 젊은 사람의 경우는 얼마든지 치료가 가능해. 어찌 보면 성장기 젊은 이가 피할 수 없는 병이기도 하지."

약간은 강의 조 말투에 나는 약간 심술이 났다. 그 기색을 눈치챘는지 로에 선생의 표정이 다시 상냥해졌다.

"미안하네. 자네가 지금 그런 병에 전염되었다는 말이지, 그런 전형적인 인물이라는 뜻은 아니야. 하지만 자네는 치유될 수 있네. 사람들 사이에 서로를 이어주는 다리가 없으며 서로 이해하지 못한 채 따로따로 걷고 있다는 생각은 정말 망상이야. 실제로 사람들에게는 차이보다 공통점이 훨씬 많고, 바로 그 공통점이 누구나 자신만이 지니고 있다고 믿고 있는 특질, 자신을 남들과 다르게 만들어준다고 믿는 개별적 특질들보다 훨씬 중요한 법이야."

"그럴지도 모르지요." 내가 말했다. "하지만 그런 걸 안다고 해서 무슨 소용이 있겠습니까? 저는 철학자도 아니고, 그런 진리를 구하지 못해서 고뇌하는 사람도 아닙니다. 저는 그저 좀 더 편하고 만족스러운 삶을 살고 싶을 뿐입니다."

"좋아! 그렇다면 한번 노력해봐! 무슨 책을 읽거나 이론을

익힐 필요는 없어. 하지만 병든 이상 의사의 말을 믿어야 해. 자네 몸이 아플 때 의사가 온천욕을 하거나 약을 먹으라고, 혹은 바닷가로 휴양을 가라고 권하면 그것들이 왜 병에 좋은지 따지지 않고 그냥 따르겠지? 내 말을 그런 의사의 처방처럼 생각해보게나. 처방은 간단해. 당분간 자네 자신보다는 남들에 대해 더 많이 생각하도록 하게. 그게 병이 낫는 유일한 길이라네."

"어떻게 그럴 수 있지요? 누구나 자기 자신을 먼저 생각하는 게 당연하지 않나요?"

"맞아. 하지만 그걸 극복하려고 노력하라는 말이야. 자기 자신의 행복에 대해서는 어느 정도 무심해지도록 훈련하는 거야. '내가 누구인가?'라고 묻는 훈련을 하라는 말이기도 해. 다시 말하지만, 처방은 단 하나야. 그 누군가 다른 사람의 행복이 자신의 행복보다 중요하다고 여길 만큼 그 사람을 사랑하는 훈련을 하는 거라네. 아니, 뭐, 연애를 하라는 말이 아니야. 연애는 정반대의 경우를 낳을 수도 있어."

"잘 알겠습니다. 그런데 대체 누구에게 실험을 해보지요."

"우선 친구나 친척 등 가까운 사람부터 시도해봐. 자네에게는 무엇보다 어머니가 계시지 않은가? 상실감이 대단하실 거야. 이제 홀로 되셨으니 누군가 곁에서 위로해줄 사람이 필요하지. 어머니를 돌봐드리고 그분에게 도움이 되도록 노력해보게."

"하지만 어머니와 저는 서로 이해를 못 하고 있습니다. 어려울 것 같아요."

"물론 자네의 선의가 미치지 못할 정도의 사이라면 정말 어렵겠지. 하지만 서로 이해를 못 한다는 건 낡은 구실일 뿐이야. 상대방이 나를 이해하지 못하리라는 생각부터 버려. 우선 자네부터 상대방을 이해하려 애쓰고 상대방을 기쁘게 하려고 노력해야 해. 그걸 어머니부터 시작해보라는 말이야. 이렇게 생각해보라고. '삶은 내게 조금도 즐겁지 않다. 그렇다면 이 노력을 해보지 않을 이유가 어디 있는가!'라고. 자네는 자네 삶에 대한 흥미를 잃어버렸어. 그러니 삶에 그다지 애착이 갈 것도 없잖아. 이 노력을 하면서 보내는 시간이 아까울 것도 없잖아. 그러니 오히려 자신에게 숙제를 주고 스스로 좀 불편하게 살아보라 이 말이야."

"해보겠습니다. 선생님 말씀이 옳아요. 무슨 일을 하건 제게는 마찬가지인데 선생님 충고를 따르지 않을 이유가 없지요."

내가 그의 말에 감동을 받은 것은 내가 아버지와 마지막으로 이야기를 나누었을 때 아버지가 해준 이야기와 내용이 같은 때문이었다. 아버지는 남을 위해 생활한다는 것을 처세로 삼고 있다고 내게 말해주었다. 그리고 선생의 말을 통해 그것은 도덕적 교훈의 문제가 아니라 시도와 실천의 문제라는 것을 느낄 수 있었다. 게다가 나의 경험과 지혜가 바닥을 드러내고 있었기에 나는 그의 처방을 곧바로 실천에 옮겼다.

나는 어머니에게 어머니를 혼자 계시게 하고 싶지 않다, 내게로 오셔서 함께 지내셨으면 좋겠다고 말했다. 그러자 어머니가 슬픈 듯 고개를 저으며 말했다. 가벼운 힐난 조였다.

"무슨 생각을 하고 있는 거니? 그렇게 간단한 일이 아니란다. 나는 나대로 살아온 방식이 있어서 새롭게 시작할 수 없어. 어쨌든 너는 자유롭게 살아야 하고 내가 네게 짐이 되면 안 돼."

하지만 나는 결국 어머니를 설득해서 함께 지낼 수 있게 되었다. 내가 R시로 돌아가지 않고 어머니 곁에서 함께 지내기로 한 것이다.

결론부터 말하자. 어머니와 가까워지려는 내 노력은 실패했다. 나와 함께 생활하게 된 어머니는 내 친절에 좀처럼 화답하지 않았다. 단념하고 싶은 생각이 자주 들었지만 나는 자신을 억누르며 내 친절에 반응이 없는 나날들을 이어갔다. 나는 어머니의 손을 잡고 "어머니, 제게 불만이 있으면 털어놓으세요"

라고 자주 말했지만 어머니는 돌아가신 아버지 생각에만 잠겨 있는 듯했으며 겨우 "애야, 걱정하지 말아라. 나는 이제 늙은이니까"라는 대답만 했을 뿐이었다.

그러던 중에 꽤 중요한 사실을 한 가지 알게 되었다. 시내에 어머니와 사촌뻘이며 아주 친하게 지내던 여자가 한 명 있었다. 그녀의 이름은 슈니벨이었다. 노처녀인 그녀는 이웃과 왕래가 거의 없었으나 어머니와는 친하게 지내고 있었다. 아버지는 그녀를 싫어했고 그녀는 R시로 돌아가지 않고 머물러 있는 나에게 반감을 품고 우리 집에 일체 발걸음을 하지 않았다. 어머니는 미스 슈니벨에게 만일 아버지보다 자신이 더 오래 살게 되면 그녀를 집으로 데려와 함께 살겠다는 약속을 한 적이 있었다. 그런데 그녀의 그 희망은 내가 집에 주저앉음으로써 물거품이 된 것이다. 그 사실을 알게 된 나는 그 노처녀의 집을 자주 방문해서 환심을 사려고 애썼으며 드디어 그녀를 집으로 데려오는 데 성공했다. 어머니를 기쁘게 해드리기 위해 한 일이었다. 하지만 그녀는 우리 집으로 옮겨와 지내는 것은 거부했다. 대신 부지런히 우리 집을 드나들며 가정 고문(顧問) 자리를 차지하고는 나를 마치 다른 나라의 외교 사절 대하듯 했다. 불쌍한 어머니는 그녀 편도 내 편도 들지 않았다. 어머니는 지쳐 있었고 변한 생활 환경에 괴로워하고 있었다.

여름이 되자 나는 어머니와 함께 여행을 떠났다. 물론 결정이 쉽지 않았다. 미스 슈니벨이 나 혼자 다녀오라고 고집했고 어머니는 이렇다 할 의견을 내세우지 않았기 때문이었다. 하지만 나는 이번만은 절대로 양보하고 싶지 않았다. 나는 이 여행에 큰 기대를 걸고 있었다. 우선 남편과 함께 오랫동안 지내던 집, 하지만 이제는 그 사람이 곁에 없는 집에서 안절부절못하고 괴로워하는 어머니를 두고 보기 어려웠다. 어디 멀리라도 떠나면 어머니의 마음이 훨씬 안정될 것이며 나도 내 마음을 다시 추스를 수 있으리라는 기대를 하고 있었다.

6월 말경 나의 여행 계획이 관철되어 우리는 콘스탄츠와 취리히를 거쳐 베른으로 향했다. 하지만 한마디로 어머니와의 관계는 조금도 개선되지 않은 채 피곤만 쌓여간 여행이었다. 아름다운 경치 앞에서도 어머니와 나는 눈을 마주치는 일조차 없었다. 그린델발트에서 일주일을 참아내고 지내던 어느 날 아침 어머니가 내게 말했다.

"애야, 이제 그만 돌아가자꾸나. 하룻밤이라도 푹 자보고 싶구나. 병들어 죽더라도 집에서 죽고 싶다."

나는 어머니 의견에 말없이 동의하고는 묵묵히 가방을 챙겼다. 우리는 갈 때보다 더 빠르게 집으로 돌아갔다. 하지만 내게는 집으로 돌아간다기보다는 감옥으로 돌아가는 것만 같았다. 어머니도 희미하게 만족하는 빛을 내비쳤을 뿐 기쁜 모습이 아니었다.

집에 도착한 날 저녁에 내가 어머니에게 말했다.

"어머니, 제가 R시로 돌아가도 괜찮겠습니까? 제가 이곳에 머물러 있는 게 어머니께 도움이 된다면 얼마든지 남겠습니다. 하지만 어머니나 저나 괴롭기만 할 뿐이며 서로 좋지 않은 영향만 주는 것 같아요. 미스 슈니벨이 오셔서 함께 지내시면 저보다 더 위안이 될 겁니다."

어머니는 늘 그렇듯 내 손을 잡고 가만히 어루만졌다. 그리고 고개를 끄덕이며 웃고 있었다. 그 웃음은 '그래, 어서 가려무나'라고 말하고 있었다.

좋은 의도를 가지고 온갖 노력을 다했지만 결과라고는 둘 다 몇 달 동안 서로를 괴롭혔다는 것, 어머니와 더 멀어졌다는 것뿐이었다. 둘이 함께 살기는 했지만 둘 다 자신의 짐을 짊어진 채 남과 나누려 하지 않았고, 자신의 슬픔과 고뇌 속에 더욱 깊게 잠겼을 뿐이었다. 내 시도는 실패로 끝났고 내가 할 수 있는 일이라야 나의 자리를 미스 슈니벨에게 넘겨주는 것뿐이었다.

제6장

167

나는 지체 없이 R시로 돌아왔다. R시로 돌아오면서 나는 이제 내게는 더 이상 고향이 없구나 하는 생각이 들었다. 내가 태어나서 내 유년기를 보낸 곳, 나의 아버지를 묻은 곳이 이제 나와는 아무 관련이 없는 곳이 되었다. 그곳이 내게 요구할 것은 아무것도 없었으며 단지 추억만이 남아 있을 뿐이었다. 로에 선생과 작별 인사를 하면서 나는 굳이 그 이야기를 꺼내지는 않았다. 하지만 그의 처방은 효력이 없었다.

우연히도 R시에서 내가 전에 지내던 방은 여전히 비어 있었다. 마치 과거와 단절하려 해도, 운명에서 벗어나려 해도 소용이 없다는 것을 알려주는 징조 같았다. 나는 같은 도시의 같은 집, 같은 방에 다시 살게 되었다. 나는 바이올린과 작곡 원고 꾸러미를 풀었다. 무오트가 뮌헨으로 갔고 게르트루트가 무오트의 약혼자가 되었다는 사실을 제외하면 모든 것이 예전 그대로였다.

나는 나의 지난 삶의 파편인 양 오페라 대본과 악보 조각들을 주워 들고 무언가 해보려 했다. 하지만 나의 마비된 영혼 속에서 음악은 눈을 뜰 줄 몰랐다. 다행히도 내게 가사를 보내주는 시인이 새로운 시 한 편을 내게 보내주었을 때 겨우 새로운 멜로디가 떠올랐다. 내가 아직 저녁이면 여전히 임토르 씨 집을 배회하고 있던 그 시절, 그 가사가 내게 도착했다.

밤마다 남풍이 절규하고
도요새들이 젖은 날개를 무겁게 퍼덕이며
낭숭에서 빠르게 날아간다.
도처에서 들리는 봄이 부르는 소리에
만물이 잠을 쫓아내며
서서히 깨어나고 있다.

이 밤, 나도 잠들지 못하고 다시 젊음과 힘을 되찾은 듯,
추억이 내 손을 잡고 이끌어
기쁨의 노래가 울려 퍼지던 청춘을 엿보게 한다.
오, 그러나 가까이서 나를 바라보던 행복이여,
놀라서 달아나버리는구나.

진정하라, 진정하라, 나의 심장이여!
그 핏줄 속에 다시 정열이 타올라
그대를 다시 옛 길로 이끌어 갈지라도
그대의 청춘은 저 멀리 달아나

이제 다시는 그대 앞에 없으니.

이 시는 내 마음을 파고들어 반항을 불러일으켰으며 내 심장을 다시 고동치게 했다. 오랫동안 억눌렸던 고통들이 풀려나 리듬과 음이 되어 흘렀다. 이 노래를 작곡하면서 잃어버렸던 오페라의 실마리를 다시 찾을 수 있었고 기나긴 황폐한 세월 끝에 다시 열기에 취해 창조의 물결에 휩쓸릴 수 있었다. 그 도취 속에서 고통과 환희는 더 이상 구분이 되지 않았으며 모든 열정들이 하나의 불꽃이 되어 수직으로 치솟았다. 그리고 그 불꽃 속에서 내 감정은 한껏 고조되었고 한껏 자유로웠다.

어느 날 저녁 나는 새로운 곡을 타이저에게 보여준 후 새로운 힘이 치솟는 것을 느끼며 집으로 돌아오고 있었다. 하지만 마치 가면 뒤에서 번득이는 눈처럼 지난날들의 절망적이고 공허한 시선이 여전히 나를 응시하고 있었다. 순간 가슴이 욕망으로 가득 차 더 강하게 고동치기 시작했다. 나는 내가 왜 그 고통에서 벗어나려고 그토록 애를 썼는지 이해할 수가 없었다. 게르트루트의 이미지가 뿌연 먼지들 위로 빛을 발하며 또렷이 모습을 드러냈다. 나는 아무 두려움 없이 그녀의 맑은 눈을 새롭게 바라보았으며 모든 고통을 향해 내 가슴을 활짝 열었다. 아, 그렇다!

그녀로부터, 내 진정한 삶으로부터 멀어져 유령들이 득실거리는 어두운 길을 어슬렁거리는 것보다 그녀로 인한, 혹은 내 진정한 삶으로 인한 고통을 받아들이는 것이, 그 가시를 한층 더 깊이 상처 속으로 밀어 넣는 것이 훨씬 나은 일이었다!

거대한 너도밤나무 위로 흑청색의 하늘이 펼쳐져 있었고 그 하늘에 별들이 총총히 박혀 이 넓은 세계를 향해 반짝이는 금빛을 무심한 듯 퍼뜨리고 있었다. 그 모든 것이 기쁨을 주는 것이건 슬픔을 주는 것이건 모두 생명이라는 거대한 흐름에 자신을 맡기고 있었다. 하루살이는 마치 취한 듯 죽음을 향해 뛰어든다. 하지만 모든 생명은 아름답게 반짝인다. 나는 한순간 하루살이에 시선을 집중한다. 나는 이해하고 인정했다. 나는 그렇게 내 삶과 내 고통도 이해했다.

내 오페라는 가을 중에 완성되었다. 그즈음 나는 어느 콘서트에서 임토르 씨를 만났다. 내가 R시로 돌아온 것을 모르고 있었기에 그는 약간 놀랐으나 상냥하게 나를 맞아주었다. 그는 나의 아버지가 돌아가셨다는 소식만을 들었을 뿐이었고 내가 아직 고향에 머물러 있는 줄 알고 있었다.

"게르트루트 양은 잘 지내나요?" 나는 되도록 차분하게 물었다.

"한번 우리 집에 와서 직접 보시지요. 11월에 결혼할 예정입니다. 당연히 당신을 초대할 작정입니다."

"감사합니다. 무오트는 잘 지냅니까?"

"잘 지내지요. 당신도 알고 있겠지만 나는 이 결혼이 별로 탐탁지 않아요. 여자관계가 복잡했다는 이야기도 들리고……. 당신이 뭐 좀 아는 거 없나요?"

"전혀요. 그런 건 별로 소용없는 이야기입니다. 따님이 소문따위 때문에 결심을 바꾸지는 않을 겁니다. 무오트는 제 친구이니, 그가 행복하다면 그걸 다행으로 알겠습니다."

"좋습니다. 조만간 한번 들러주겠습니까?"

"네, 그러겠습니다. 안녕히 가십시오."

얼마 전이었다면 나는 둘의 결합을 막기 위해 온갖 힘을 다기울였을 것이다. 질투심 때문에서도 아니었고 게르트루트가다시 내게 돌아올 수도 있으리라는 희망 때문도 아니었다. 그들이 행복하지 않으리라는 것을 미리 확신하고 있기 때문이었다. 자기 자신을 학대하는 무오트의 우울증과 과민증을 알고있기 때문이었으며 게르트루트의 섬세함을 알고 있기 때문이었다. 게다가 마리안과 로테에 대한 기억이 아직 내게 생생하게 남아 있기 때문이었다.

하지만 이제는 생각이 달라졌다. 내 삶 전체가 흔들린 경험, 6개월에 걸친 내면적 고독의 세월, 내 청춘이 이미 지나갔다는 자각 등으로 인해 나는 변해 있었다. 나는 다른 사람들의 운명을 향해 내 손을 내미는 것은 어리석고 위험한 짓이라고 생각하고 있었다. 게다가 내가 내민 손이 올바른 손이며 내 손길이 남에게 도움이 되리라고 믿을 만한 하등의 근거도 없었다. 어머니를 향해 내민 내 손길은 처참한 실패를 맛보았으며 나 스스로도 혼란스러운 상태에 빠져 있었다. 나는 지금까지도 자신의 삶이건 남의 삶이건 의도적으로 이끄는 것이 가능하다고 믿지 않는다. 돈이나 명예를 힘써서 얻을 수는 있을지 몰라도 행복이나 불행을 의도적으로 선택해서 자기 것으로 만드는 것은 불가능하다. 내게 주어진 운명을 그대로 받아들이고 최선을 이끌어내려 애쓰는 것만이 가능할 뿐이다.

하지만 삶이 그러한 성찰들과는 무관하게 흘러간다고 해도, 그런 사유나 결심들은 우리의 영혼을 보다 편하게 해주며 우리의 손으로 바꾸기 힘든 우리의 운명을 견디는 데 도움이 된다. 최소한 내가 내 개인적 운명에 대해 체념하고 무심해지자 내 삶은 보다 부드러운 손길로 나를 어루만져주었다.

제6장

173

얼마 지나지 않아 나는 아무리 강한 의지로 온갖 노력을 다해도 도저히 얻을 수 없었던 결과를 때로는 예기치 않게 얻게 될 수도 있다는 것을 알게 되었다. 어머니 문제 덕분이었다.

나는 매달 한 통씩 어머니께 편지를 썼다. 그런데 얼마 전부터 답장이 없었다. 어머니가 어딘가 편찮다면 분명 소식을 전해 들었을 것이라는 생각에 나는 별다른 신경을 쓰지 않고 계속 편지를 보냈다. 나는 짧은 안부 인사 끝에 미스 슈니벨에 대한 인사도 덧붙였다.

미스 슈니벨은 내가 떠나자 의기양양하게 내 자리를 점령하고 어머니와 함께 지내게 되었다. 어머니와 미스 슈니벨 두 명이 모두 원하던 바를 이룩한 것이다. 하지만 그 결과는 그녀들이 바라던 바와는 달랐다. 내가 그곳을 떠나온 뒤 어머니와 미스 슈니벨 사이에 벌어진 일을 간단히 소개하면 다음과 같다.

미스 슈니벨은 어머니의 집으로 들어와 살게 되자마자 공동 여주인인 양 권력을 행사했다. 하녀와 하인뿐 아니라, 직원이나 우편배달부에 대해서도 그녀는 주인처럼 행동하지 않고는 못 배겼다. 격렬한 욕망이란 작은 것을 이루면 더 부풀어 오르는 법이다. 그녀는 어머니가 도저히 양보할 수 없는 영역까지 지배력을 넓혀 나갔다. 그녀는 어머니를 찾아오는 손님들을 자기가 주인인 양 맞았으며 어머니가 그녀 없이 손님을 맞는 것도 허용하지 않았다. 게다가 매사에 너그러운 어머니의 태도에 대해 책망하고 올바른 살림살이, 절약하는 생활 태도 등에 대해 길게 설교를 늘어놓았다. 그녀가 어머니에게 석탄을 벌써 이렇게 많이 들여놓으면 어떻게 하느냐, 식모가 사는 인 계란 숫자를 속였다느니 하면서 정색을 하고 달려들 때 어머니는 정말 고통스러웠다. 이렇게 하여 두 친구 간의 불화가 시작되었다.

하지만 상황이 거기에서 그쳤다면 어머니는 그럭저럭 참으며 견딜 수 있었다. 미스 슈니벨의 성화에 못 이겨 식모가 그만두겠다고 하자 어머니는 거의 사죄를 하며 겨우 그녀를 붙잡았다. 그리고 얌전히 견디기만 하던 어머니도 마침내 폭발했다. 어머니는 이제껏 잘 유지되어 오던 가정 전체에 대한 미스 슈니벨의 경멸과 비난을 참아낼 수 없었다. 어머니는 아버지를 들먹이며 아버지가 하시던 방식으로 집안은 아무 문제없이 잘 굴러왔다고 미스 슈니벨에게 말했다. 아버지는 인색한 것을 싫어하고 하인들에게도 후했으며 그들의 자유와 권리를 인정했다. 그런 아버지에 대해 어머니는 가끔 싫은 소리를 하곤 했다. 하지만 아버지가 돌아가시자 아버지는 어머니에게 성자(聖者)

가 되었다. 어머니 입에서 아버지 이야기가 나오자 미스 슈니벨은 잘됐다는 듯 아버지를 비난하기 시작했다. 그녀는 자기가 이미 오래전부터 고인이 어떤 사람인지 이야기해오지 않았느냐, 어머니도 일부분 동의하지 않았느냐, 이제는 구습을 폐지하고 정신을 차릴 때가 되었다고 말했다. 이어서 그녀는 우정 때문에 아버지에 대한 언급을 피해왔지만 실은 집안이 이처럼 엉망인 것은 모두 아버지 책임이라고 말했으며 도대체 집안을 이렇게 엉망인 상태로 방치하는 이유를 알 수 없다고 몰아붙였다.

어머니는 마치 따귀를 거세게 맞은 기분이었다. 어머니는 사촌을 결코 용서할 수 없었다. 이전에는 사촌과 함께 남편 흉을 보거나 하소연하는 것이 자그마한 즐거움이었다. 하지만 성스러운 그녀의 추억에 자그마한 그늘이라도 만드는 것을 용납할 수 없었다. 어머니는 이 집에서 일어나려 하고 있는 혁명의 조짐이 성가실 뿐 아니라 무엇보다 고인에게 죄를 짓는 일이라고 느꼈다.

나도 모르는 새 사태가 거기까지 이르러 있었다. 어머니가 편지에서 처음으로 조심스럽게 어머니와 미스 슈니벨 사이에서 벌어지고 있는 불화에 대해 알렸을 때 나는 웃지 않을 수 없었다. 다음 편지에서 나는 노처녀에 대한 안부는 생략했지만 어머니의 조심스러운 하소연에 대해 한마디도 언급하지 않았다. 나 없이도 두 분이 잘 해결하리라는 생각에서였다. 게다가 내게 더 중요한 일이 그동안 일어났던 것이다.

10월이 되었고 게르트루트의 결혼이 곧 다가오고 있다는 생각이 머릿속을 떠나지 않았다. 나는 더 이상 그녀의 집을 찾아가지도 않았고, 그녀와 만나지도 않았다. 결혼 후 그녀가 떠나면 그녀의 부친과 다시 친분을 이어갈 생각이었다. 그리고 세월이 많이 지난 후 그녀와 다시 허물없는 관계를 맺을 수 있으리라 생각했다. 과거를 일거에 말살해버리기에는 우리는 너무 가깝게 지냈던 것이다. 하지만 그녀를 만날 용기를 낼 수는 없었다. 만일 내가 그녀를 만나려 했다면 그녀가 피하지는 않았을 것이다.

그러던 어느 날이었다. 귀에 익은 노크 소리가 들렸다. 나는 가슴을 두근거리며 벌떡 일어나 문을 열었다. 하인리히 무오트가 문 앞에 서서 손을 내밀고 있었다.

"무오트!" 나는 소리치며 그의 두 손을 잡았다. 하지만 그의 두 눈을 바라보자 모든 일이 되살아나 가슴이 저려왔다. 그의 책상 위에 놓여 있던 게르트루트의 편지가 다시 눈앞에 떠올랐다. 그녀에게 작별을 고하고 자살하려던 내 모습이 다시 떠올랐다.

무오트는 그곳에 서서 나를 유심히 바라보고 있었다. 약간 야윈 듯했지만 여전히 훤칠하고 당당했다.

"뜻밖이로군." 내가 조용히 말했다.

"그래? 자네가 게르트루트의 집에 가지 않는다는 건 알고 있어. 하지만 그 이야기는 그만두지. 자네가 어떻게 지내는지, 작업은 어떻게 되어 가는지 궁금해서 찾아왔어. 어때, 오페라는 잘돼 가나?"

"그럭저럭. 그런데 어디서 상연해야 할지 모르겠어. 좋은 극장이라야 하는데……. 그런 데서 받아들일지도 모르겠고."

"아무 문제 없을 거야. 자네와 그 이야기를 하러 온 거라네. 뮌헨 극장에 보내봐. 자네에게 흥미를 갖고 있으니까. 필요하면 나도 나서겠어."

그 뒤에도 우리는 자질구레한 여러 일들에 대해서도 긴밀하게 상의했다. 마치 생사가 걸린 문제인 양 둘 다 진지하기 이를 데 없었다. 하지만 사실은 어떻게 해서라도 시간을 얼렁뚱땅 보내버리려는, 둘 사이에 벌어져 있는 틈에 대해 눈감으려는 짓에 불과했다. 먼저 그 틈을 메우려고 시도한 것은 무오토였다.

"자네가 나를 임토르 씨 댁으로 처음 데려갔던 날 기억하나? 벌써 1년 전이로군."

"물론이지." 내가 말했다. "상기시켜줄 필요 없어. 그 이야기를 하려거든 차라리 돌아가게."

"그래, 기억하고 있단 말이지? 좋아. 그런데 왜 그녀를 사랑하고 있으면서 내게 그 이야기를 해주지 않은 건가? '그녀에게 손대지 마!'라는 말 한마디면 충분했을 텐데. 눈치만 주었더라도 알아차렸을 거야."

"그럴 수 없었네."

"왜? 누가 자네에게 시기를 놓칠 때까지 기다리라고 명령이라도 했단 말인가?"

"그녀가 나를 좋아하고 있는지 아닌지 몰랐어. 설사 나를 좋아했더라도……, 자네를 더 좋아한다면 나로서는 어쩔 수 없었어."

"이런 바보 같으니! 그녀는 자네와 함께라면 더 행복했을 거야. 누구에게나 여자를 정복할 권리가 있는 법이야. 처음부터 자네가 한마디 말을 해주거나 눈짓만 보냈어도 나는 접근하지 않았을 거야. 그 뒤로는 이미 늦어버렸지만……."

제6장

179

이런 식의 대화는 내게 너무 고통스러웠다.

"내 생각은 달라." 내가 말했다. "그리고 전혀 염려할 필요 없어. 자, 이제 날 좀 내버려두게. 그녀에게 안부를 전해주게. 나중에 뮌헨으로 자네 부부를 찾아가겠네."

"아니, 결혼식에는 오지 않을 작정인가?"

"당연하지. 자네 취미가 고약하군. 그런데 성당에서 식을 올리나?"

"물론이지. 대성당에서 할 거야."

"그래? 잘됐네. 내가 결혼 선물로 짧은 오르간 전주곡을 준비했네. 아주 짧은 거니 염려할 것 없어."

"자네는 정말 좋은 친구야! 그런 자네에게 이런 불행을 안기다니! 난 이제 가보겠네. 결혼식 전에 자네와 단둘이 하루 저녁을 보내고 싶은데, 괜찮겠나? 내일 어때? 좋아? 자, 그럼 내일 보세."

그날 나는 다시 이전의 세계로 돌아가 오만 가지 생각과 슬픔에 잠겨 하룻밤을 보냈다. 이튿날 나는 친분 있는 오르간 연주자를 찾아가 무오트의 결혼식 때 오르간 전주 연주를 부탁했다. 오후에는 타이저와 함께 그 곡을 최종 점검했으며 저녁에는 하인리히 무오트의 숙소로 찾아갔다.

무오트는 촛불을 밝힌 채 꽃과 은식기가 놓인 하얀 식탁을 차려놓고 나를 기다리고 있었다.

"자, 내 친구!" 그가 말했다. "이별의 만찬이라네. 자네보다는 나를 위한 거야. 게르트루트가 안부를 전하더군. 오늘은 그녀의 건강을 위하여 마시도록 하세!"

우리는 잔이 넘치도록 술을 따라서 말없이 비웠다.

"자, 오로지 우리들 생각만 하기로 하세." 무오트가 말했다. "이보게, 우리들의 젊음이 슬그머니 가버리고 있어. 자네도 그렇게 느끼지? 우리의 인생에서 가장 아름다운 시기라고들 하지. 잘 알려진 격언들이 그렇듯 그것도 틀린 말이기를 바라. 가장 아름다운 시기는 우리 앞에 놓여 있어야 해. 그렇지 않다면 우리의 삶 전체가 아무 가치도 없어."

우리는 이야기를 나누며 독한 라인 포도주를 마셨다. 우리가 함께 이런저런 계획에 대해 토론하고 가벼운 농담을 주고받으며 즐거워했던 시절이 우리 둘 모두에게 되살아났다. 우리는 깊은 생각이 담긴 눈길을 주고받으며 둘이 함께 있음을 기뻐했다. 그런 기쁨이 그리 오래 갈 수 없다는 것을 잘 알고 있는 무오트는 그 순간을 절대로 놓치고 싶지 않다는 듯 평소보다 훨씬 다정하고 상냥했다. 그는 미소를 띤 채 뮌헨에 대하여, 극장

제6장

181

에서 벌어졌던 사소한 사건들에 대하여 조용히 이야기했으며 그의 특유의 재능으로 사람들과 상황을 몇 마디 간단한 단어로 입축해 묘사했다.

사람들에 대한 그의 날카로우면서 악의 없는 묘사를 듣고 나는 건배를 하면서 그에게 물었다.

"나는 어떤 사람이야? 나 같은 사람은 어떤 식으로 묘사할 수 있겠나?"

"자네?" 그는 천천히 어두운 눈을 내게로 돌리며 말했다. "자네는 아무리 봐도 예술가 타입이야. 예술가는 속인들이 흔히 생각하듯 순수한 감흥이 넘쳐흘러서 여기저기 아무 곳에서나 예술 작품을 뽑아낼 수 있는 즐거운 사람이 아니야. 예술가란 대개 쓸데없는 것들을 너무 많이 품고 있다가 그 무게를 견딜 수 없어서 뭔가를 토해낼 수밖에 없는 불쌍한 존재일 뿐이야. 행복한 예술가가 있을 수 있다는 말은 거짓말이야. 속물들이나 할 수 있는 말이지. 쾌활한 모차르트도 먹을 빵조차 없으면서도 샴페인 덕분에 견딜 수 있었고 베토벤이 어떻게 그 훌륭한 작품을 쓰는 대신 젊을 때 자살하지 않을 수 있었는지 아무도 알 수 없어. 진정한 예술가는 불행해야 해. 예술가가 배가 고파서 주머니를 뒤져보면 거기서 나오는 건 진주뿐이야."

"맞는 말이야. 약간의 쾌락과 따뜻함과 공감을 원하는 사람에게는 오페라 한 다스를 들려주어도 아무런 도움이 되지 못하지."

"맞아! 이렇게 친구와 함께 포도주를 마시는 시간, 야릇할 수밖에 없는 우리의 삶에 대해 친근한 잡담이나 나누는 이런 시간이 우리가 누릴 수 있는 최상의 것이야. 그래, 다 그런 거야. 우리는 우리에게 그런 시간이 주어진 걸 기뻐해야 해. 또한 그 기쁨을, 그 내면의 평화를 언젠가 필요할 때 다시 쓸 수 있도록 아껴야 해. 자, 건배!"

나는 그의 철학에 완전히 동의한 것은 아니었다. 하지만 그게 무슨 상관이 있단 말인가? 내가 영원히 잃어버릴까 봐 두려워했던 친구, 지금도 확신할 수 없는 그런 친구와 이렇게 하룻밤을 지낼 수 있다는 것, 그것이 흐뭇한 일 아닌가!

그날 무오트는 나의 집까지 나를 바래다주겠다고 했지만 나는 사양하고 혼자 집으로 돌아왔다.

결혼식 날 나는 미리 성당으로 가서 오르간 옆에 숨어 결혼식을 내려다보았다. 흰 드레스를 입은 게르트루트는 한층 더 크고 날씬해 보였다. 그녀는 꼿꼿한 자세로 당당하게 걸어가는 남자 옆에서 제단으로 향하는, 꽃으로 장식된 좁은 길을 진지한 표정으로 우아하게 걸어갔다. 저 남자 대신에 불구자인 내가 절름거리며 이 엄숙한 길을 걸었더라면 저토록 멋지지는 않았으리라.

제7장

　내가 내 친구의 결혼식에 대한 생각에 오래 빠져 있지 않도록, 그 생각을 하면서 회한과 자학으로 고통받지 않도록 운명은 이미 정해져 있었다.

　당시 나는 어머니 생각은 별로 하지 않고 있었다. 앞서 말했듯 두 분의 불화에 대해서는 내가 끼어들 일이 아니라고 생각하고 있던 때문이었다. 그런데 어머니에게서 온 편지를 받고 나는 놀랐다. 우선 그 길이부터 놀랄 수밖에 없었다. 간단하게 안부만 전하던 이전의 편지와는 달리 너무나 장문의 편지였던 것이다. 내용은 더욱 놀라웠다. 그것은 어머니의 동거인에 대한 통렬한 고발장이었다. 나는 그 편지를 읽고 어머니의 마음과 가정의 평화를 뒤흔들어 놓는 노처녀의 부당한 행동에 대해 상세히 알게 되었다. 어머니는 아버지가 왜 그녀를 그렇게 싫어했는지 이제 충분히 알겠다고 쓴 후에 이제 더 이상 미스 슈니벨과 함께 지낼 수 없으니 나보고 직접 와서 해결해 달라고 했다. 아마 그런 내용의 편지를 쓴다는 사실 자체가 어머니에게는 너무나 큰 고통이었을 것이다.

어머니가 원하신다면 나는 상대가 용이라도 때려잡을 태세를 갖추고 있었다. 나는 기꺼이 여장을 꾸려 옛집으로 갔다. 집에 들어서자 나는 집에 새로운 정신이 침범해 들어와 있음을 즉각 알아차릴 수 있었다. 특히 크고 안락한 거실이 우중충하고 불쾌하고 우울해 보였다. 모든 것이 감시받고 통제되고 있는 것 같았다. 예컨대 오래된 마루에는 보기 흉한 천으로 만든 길고 까만 헝겊이 양탄자랍시고 깔려 있었다. 마루 판자를 보호하고 걸레질을 줄여보기 위한다는 명분에서였다.

첫날은 그럭저럭 지낸 다음, 이튿날 아침 식사 후 나는 어머니에게 들어가 쉬시라고 말한 후 노처녀와 단둘이 식당에 남았다. 나는 그녀에게 예의를 갖추어, 그러나 단도직입적으로 말했다. "어머니를 잘 돌봐주신 데 대해 감사를 드리고 싶습니다. 부인이 아니셨다면 이 넓은 집에서 정말 외로우셨을 것입니다. 하지만 이제는 사정이 좀 달라졌습니다."

"뭐?" 그녀는 펄쩍 뛰어오르며 소리쳤다. "대체 뭐가 달라졌다는 거지?"

"아직 모르고 계셨나요? 어머니가 제 오랜 소원을 받아들이셔서 저와 함께 사시기로 결심하셨습니다. 할 수 없이 이 집을 팔 수밖에 없게 되었습니다."

노처녀는 당황해서 나를 쳐다보았다.

"저도 유감입니다." 나는 안타깝다는 듯 말을 이었다. "그동안 정말 수고 많으셨습니다. 온 집안을 자상하게 보살펴주신 데 대해 뭐라고 감사의 말씀을 드려야 할지 모르겠습니다."

"하지만 나는……. 나는 대체 어디로?"

"우리가 해결책을 찾아드리겠습니다. 지내실 곳을 찾아봐야겠지만 그렇게 서두르실 필요는 없다고 생각합니다. 부인께서도 다시 조용히 혼자 지내시게 되었으니 기뻐하시리라 믿습니다."

내가 예상했던 대로 항의와 오만한 위협과 눈물이 뒤따른 것은 두말할 필요가 없었다. 하지만 내가 겉으로는 부드러운 웃음을 띤 채 완강하게 뜻을 굽히지 않자 그녀는 상황을 받아들이는 게 가장 현명한 짓이라는 사실을 깨달았다.

저녁 식사 도중에 나는 어머니와 미스 슈니벨이 함께 한 자리에서 차분하게 말했다.

제7장

187

"저는 유감스럽게도 내일 R시로 돌아가야 합니다. 하지만 어머니, 무슨 일이라도 생기면 곧바로 달려오겠습니다."

그 말을 하면서 나는 어머니를 바라보지 않고 미스 슈니벨을 바라보았다. 그녀는 내 의도를 알아차렸다. 이별은 짧았지만 나는 미스 슈니벨에게 가능한 한 예의를 다했다.

단둘이 있게 되자 어머니는 내게 "얘야, 정말 잘했다"라고 말하면서 내게 나의 오페라 한 소절을 연주해달라고 했다. 오페라를 연주해줄 짬은 나지 않았지만 노모와 나 사이의 장벽이 허물어지고 상호 이해의 빛이 스며들기 시작한 것이다. 이번 일에서 얻은 너무 중요한 소득이었다. 어머니는 이제 나를 믿게 된 것이며 나 또한 곧 어머니와 함께 단출한 살림을 차릴 수 있으리라는, 내가 오랫동안 갖지 못했던 가정을 이룰 수 있으리라는 기대에 한껏 즐거웠다. 나는 노처녀에게 극진한 인사를 남기고 흐뭇한 마음으로 출발했다. 나는 R시로 돌아오자마자 아담한 셋집을 구하기 시작했다. 타이저와 그의 누이가 도와주었으며 나와 기쁨을 함께 나누었다. 오누이는 두 가정이 가까운 곳에서 사이좋게 지낼 수 있게 되기를 바란다고 말했다.

그사이 내 오페라는 뮌헨으로 보내졌다. 두 달 후 어머니가 도착하기 바로 전에 무오트에게서 편지가 왔다. 오페라가 채택

되었지만 스케줄 상 이듬해 겨울에 상연되리라는 소식이었다. 어머니에게 전할 기쁜 소식이 생긴 셈이었으며 타이저는 그 소식을 듣고 축하 댄스파티를 열어주었다.

정원에 둘러싸인 예쁜 작은 집으로 이사하면서 어머니는 눈물을 흘렸다. 어머니는 입으로는 이 나이에 낯선 곳으로 이사하는 게 건강에 좋지 않다고 말했지만 속으로는 기뻐하고 있었고 나와 타이저 남매는 오히려 어머니 건강에 도움이 되리라고 확신하고 있었다.

타이저의 누이동생 브리기테는 자주 우리 집에 와서 집안 정리를 도왔을 뿐 아니라 어머니가 새로운 생활에 적응할 수 있도록 성심성의껏 돌보았다. 그뿐 아니라 그녀는 나와 어머니 사이가 원만할 수 있도록 교량 역할도 했다. 내가 홀로 있고 싶거나 휴식이 필요할 때면 그녀가 그 뜻을 어머니에게 전했고 내게 직접 말하기 어려운 어머니의 욕구나 소망을 어머니 대신 내게 전해주기도 했다. 어머니와 나에게 작은 가정이 생긴 것이며 가정의 평화가 찾아온 것이다.

어머니는 이제 내 음악과도 친숙해졌다. 내 음악을 모두 좋다고 인정하지는 않았지만 내 일이 단순한 오락이나 게임과는 다르다는 것, 진지하게 받아들여야만 하는 작업이라는 것은 알

제7장

189

게 되었다. 무엇보다 어머니는 어릿광대짓과 비슷하리라고 여기고 있던 음악가의 생활이 아버지가 영위하던 생활 못지않게 상식적이고 근면한 것을 보고 놀랐다. 우리는 이제 아버지에 대해 허심탄회하게 이야기를 나눌 수 있게 되었으며 나는 차츰차츰 어머니 자신에 대해서, 아버지에 대해서, 나의 조부모님에 대해서, 또한 나의 유년기에 대해서 어머니가 들려주는 이야기를 자주 듣게 되었다. 과거와 가족에 대한 이야기를 듣는 것이 즐거웠고 내가 가족들 밖에 있다는 느낌이 더 이상 들지 않았다. 어머니 또한 내가 작업실에 처박혀 있거나 내가 신경이 좀 예민해져 있어도 나에 대한 믿음을 잃지 않았다. 어머니는 아버지와 행복한 삶을 누렸던 만큼 미스 슈니벨과의 생활이 더욱 괴로웠다. 그런데 이제 어머니는 믿음을 되찾았으며 자신이 늙어간다는 말을 점점 더 하지 않게 되었다.

이렇게 소박한 행복과 안락에 둘러싸여 지내다 보니 나의 불안과 마음속 괴로움도 차츰 가라앉았다. 물론 내 마음 저 깊은 곳에서 그 모든 것이 완전히 사라진 것은 아니었다. 그것들은 이따금 한밤중에 의심스러운 눈으로 나를 쳐다보며 자신의 권리를 주장하기도 했다. 과거가 멀어지면 멀어질수록 내 사랑과 내 고통이 그만큼 더 또렷이 모습을 드러내고 조용히 내 기억을 불러내곤 했다.

나의 일상은 그렇게 조용히 흘러갔으며, 저 마음속 깊은 곳에서 흘러가고 있는 것들은 더 이상 수면 위로 떠오르지 않았다. 그 시절 내게 무엇보다 소중한 존재는 타이서 남매였나. 우리는 거의 매일 만나 함께 책을 읽고 음악을 연주했으며 함께 파티를 열었고 함께 산책을 했다. 그들이 여름휴가를 떠났을 때 몇 주 동안 잠시 헤어져 있었을 뿐이었다. 그사이 나는 어머니를 모시고 북부 독일의 친척 집으로 여행을 했다. 나는 밤낮으로 북해의 바닷바람을 맞으며 생각과 선율에 잠겼다. 그곳에서 나는 처음으로 뮌헨에 있는 게르트루트에게 편지를 쓸 용기를 냈다. 그 편지는 무오트 부인에게 보내는 것이 아니라 나의 음악과 꿈에 대해 이야기를 나누던 친구로서의 게르트루트에게 보내는 편지였다. 나는 그 편지가 그녀를 기쁘게 하리라고 생각했고, 친절한 말 몇 마디와 친근한 인사말이 그녀에게 별로 해롭지 않으리라고 믿었다. 나는 본의와는 달리 내 친구 무오트를 믿을 수 없었고 그 때문에 게르트루트가 끊임없이 걱정이 되었다. 나는 결코 우울에서 벗어나지 않는 그 친구를 너무나 잘 알고 있었다. 그는 양보라고는 모르는 채 자기 기분 내키

는 대로 하는 친구였고 내부에 숨어 있는 충동에 이끌리고 그
것의 지배를 받는 친구였으며 자신의 삶을 마치 하나의 비극
처럼 바라보는 친구였다. 로에 선생의 말대로 자신이 고독하며
아무에게도 이해되지 못하고 있다고 느끼는 것이 병이라면 무
오트는 그 누구보다도 깊은 병을 앓고 있는 사람이었다.

9월 초가 되어 다시 일상으로 돌아간 어느 날 밤, 여름 동안
의 내 작업을 검토하기 위해 모두 우리 집에 모였다. 주된 작품
은 두 개의 바이올린과 피아노를 위한 짧은 서정 소곡이었다.
우리는 그 곡을 연주했다. 브리기테가 피아노 앞에 앉았고 타
이저가 그 옆에 서서 제1바이올린을 연주했다. 타이저 남매, 특
히 브리기테는 그 곡을 마음에 들어 했다. 평소에 그녀는 내 곡
에 대해 무언가 말을 하는 경우가 드물었다. 그녀는 소녀다운
외경심이 담긴 눈으로 나를 바라볼 뿐이었다. 그녀는 나를 거
장으로 알고 있었던 것이다. 그런데 그날은 달랐다. 그녀는 용
기를 내서 기쁨을 과감하게 드러냈다. 그녀는 맑고 푸른 눈을
들어 나를 똑바로 쳐다보며 고개를 끄덕였고 그러자 그녀의 땋
아 올린 금발 위에서 불빛이 반짝였다. 그녀는 사랑스럽고 아
름다웠다.

나는 그녀를 기쁘게 해주고 싶었다. 나는 피아노 위의 악보

를 집어 그 위에 연필로 '나의 친구 브리기테 타이저에게'라고 헌사를 적은 후 그녀에게 주었다.

"나의 헌사가 이 작은 멜로디 속에 영원히 함께 하기를"이라고 나는 정중하게 말하며 허리를 굽혔다. 그녀는 천천히 헌사를 읽더니 얼굴을 붉혔다. 그녀는 작은 손을 힘주어 내게 내밀었다. 그녀의 눈에는 눈물이 그득했다.

"정말이세요?" 그녀가 나직이 물었다.

"물론이지요." 나는 웃으며 말했다. "나는 이 소곡이 당신에게 아주 잘 어울린다고 생각해요."

여전히 눈물이 그렁한 그녀의 눈을 보고 나는 놀랐다. 너무 진지하고 여성다웠기 때문이었다. 하지만 나는 그 이상은 주의를 기울이지 않았다. 이윽고 타이저가 바이올린을 내렸고 어머니가 잔에 포도주를 따랐다. 이어서 활기찬 대화가 뒤따랐다. 우리는 몇 주 전에 무대에 오른 새 오페레타에 대해 논쟁을 벌였다. 그날 밤늦게 작별 인사를 나누면서 브리기테가 이상하게 불안한 시선으로 나를 바라보자 좀 전에 있었던 그 작은 사건이 다시 생각났지만 나는 여전히 대수롭지 않게 생각하고 넘겨 버렸다.

그사이 뮌헨에서는 나의 오페라 연습이 시작되었다. 무오트는 자신의 역에 더할 나위 없이 어울렸고, 게르트루트를 대신하게 된 소프라노 여가수도 게르트루트가 칭찬했을 정도로 훌륭했으므로 오케스트라와 합창만 신경 쓰면 되었다. 나는 친구들에게 어머니를 돌봐달라고 부탁하고 뮌헨으로 출발했다.

도착한 날 아침에 나는 무오트의 집으로 갔다. 그의 집을 향하면서 나는 오페라에 대한 일은 까맣게 잊은 채 오로지 무오트와 게르트루트의 생각, 그들이 어떻게 지내고 있을까 하는 생각만 했다. 마차는 한적한 시골길을 달려 한 작은 집 앞에서 멈추었다. 가을빛이 완연한 나무들이 집을 둘러싸고 있었고 단풍잎들이 바닥을 뒹굴고 있었다.

나는 떨리는 마음으로 안으로 들어갔다. 집은 쾌적하고 풍족한 느낌을 주었다. 하인이 나와서 내 코트를 받아주었다.

하인은 나를 커다란 방으로 안내했다. 방에는 임토르 씨의 집에서 가져온 커다란 고풍의 그림들이 걸려 있었다. 다른 쪽 벽에는 무오트의 초상화가 걸려 있었다. 뮌헨에서 새로 그린 그림 같았다. 내가 그 그림에 눈길을 주고 있을 때 게르트루트가 들어왔다.

그토록 오랜만에 그녀의 얼굴을 보니 가슴이 심하게 두근거렸다. 그녀는 한결 진지하고 성숙한 부인으로 변해 있었다. 그녀는 옛날처럼 친근하게 웃으며 내게 손을 내밀었다.

"안녕하세요." 그녀가 다정하게 인사말을 건넸다. "나이가 드셨어도 건강해 보이시네요. 우리는 오래전부터 당신을 기다렸어요."

그녀는 그녀의 친구들, 그녀의 아버지, 나의 어머니의 안부를 물었다. 어느 정도 활기를 되찾고 부끄러움에서 벗어나자 그녀는 다시 이전의 그녀로 되돌아온 것처럼 보였다. 부지불식중에 내 어색함도 사라졌다. 나는 마치 좋은 친구와 이야기를 나누듯 그녀에게 바닷가에서 보낸 여름 이야기, 내 작품에 대한 이야기, 타이저에 대한 이야기를 해주었으며 마지막으로는 저 불쌍한 미스 슈니벨 이야기까지 해주었다.

"무엇보다!" 그녀가 외쳤다. "이번에 당신 오페라가 무대에 오르잖아요. 정말 기쁘시겠어요."

"네." 나는 대답했다. "하지만 무엇보다 당신 노래를 다시 들을 수 있다면 기쁘겠습니다."

그녀는 미소 지었다.

"저도 기쁘겠어요. 요즘도 자주 노래를 부른답니다. 하지만 대개 혼자일 때뿐이에요. 전부 당신 노래랍니다. 제가 늘 곁에 두고 있어서 그 위에 먼지가 앉을 틈이 없어요. 계시다가 함께 식사하세요. 남편이 곧 올 거예요. 아마 오후에 당신을 지휘자에게 모시고 갈 거예요."

우리는 음악실로 들어갔고 그녀가 내 피아노 반주에 맞춰 나의 노래를 불렀다. 나는 말없이 건반을 두드리고 있었지만 평온한 마음을 유지하기 어려웠다. 그녀의 목소리는 더욱 성숙해 있었고 더욱 자신감에 차 있었다. 동시에 전처럼 아주 쉽게 날아오르면서 내 생애 최고의 순간에 대한 추억으로 나를 이끌었다. 나는 마치 마법에 걸린 듯 나직이 옛 곡을 연주하면서 잠시 눈을 감고 귀를 기울였다. 더 이상 그때와 지금이 구별되지 않았다. 그녀는 나와 내 삶에 속해 있지 않았는가? 우리는 마치 오누이처럼, 다정한 친구처럼 가깝지 않았는가? 무오트와 함께라면 그녀는 분명 이렇게 자연스럽게 노래할 수는 없으리라!

노래가 끝난 후 우리는 잡담을 나누며 즐거운 기분으로 앉아 있었다. 말없이도 서로 이해할 수 있는 사이인 듯, 진지하게 나눌 이야기도 없었다. 나는 그녀의 부부생활이 어떠한가에 대해서도 더 이상 궁금해하지 않았다. 나중에 직접 확인할 수 있으리라. 어쨌든 내 앞의 그녀는 결코 자신의 궤도에서 이탈하거나 본성에 어긋난 모습이 아니었다. 만일 그녀가 견뎌야만 할 무거운 짐을 지고 있다 하더라도 그녀는 분명 품위를 잃지 않고 이겨나가리라.

한 시간 후 하인리히 무오트가 돌아왔다. 그는 나를 보자마자 오페라 이야기부터 시작했다. 나는 문득 내 오페라가 나보다 다른 사람들에게 더 중요한 것인지도 모르겠다고 생각했다. 나는 그에게 뮌헨 생활이 어떤지, 이곳이 마음에 드는지 물었다.

"어디나 똑같지 뭐." 그가 진지하게 대답했다. "청중들은 나를 좋아하지 않아. 내가 자기네들은 조금도 염두에 두지 않는다고 느끼니까. 내가 처음 등장할 때 내게 호감을 갖는 청중은 별로 없어. 내가 먼저 그들을 사로잡고 이끌고 가야만 해. 나는 그렇게 인기가 없으면서도 성공을 거두고 있는 셈이지. 자네에게 고백하지만 때로는 비참한 기분에 젖어 노래할 때도 있어. 하지만 자네 오페라는 달라. 자네에게나 나에게나 성공적이야. 기대해도 좋아. 오늘은 지휘자를 만나러 가세. 소프라노 가수 등, 자네가 원하는 사람들은 내일 만나기로 하고. 내일 아침에는 오케스트라 연습도 있어. 자네 마음에 들 거야."

점심 식사 중에 나는 그가 게르트루트에게 지나칠 정도로 친절히 대하는 모습을 볼 수 있었다. 나는 그것이 못마땅했다. 내가 뮌헨에 머무는 동안 내내 그러했다. 두 사람은 멋진 한 쌍이었고 가는 곳마다 사람들의 찬탄을 불러일으켰다. 하지만 두

제7장

197

사람 사이는 냉랭했다. 그렇지만 게르트루트는 그 냉랭함을 공손함과 위엄으로 덮을 줄 알았다. 오로지 그녀의 뛰어난 성품과 자질 덕분이었다. 그녀는 이 미남에 대한 열정을 갖게 된 지얼마 되지 않아 곧 달콤한 꿈에서 깨어난 것 같았고 그녀가 잃어버린 이전의 차분함을 되찾고 싶어 하는 것 같았다. 어찌 되었건 무오트가 겉으로 정중함을 잃지 않을 수 있었던 것도 전적으로 그녀의 힘이었다.

또한 그녀는 친구들 앞에서 환멸에 빠진 여인, 남편에게 이해받지 못하는 여인의 모습을 결코 조금도 드러내지 않았다. 자신의 내밀한 슬픔을 남에게 보여주기에는 그녀는 너무나 고결했다. 하지만 그녀는 내 앞에서 그 모든 것을 감출 수는 없었다. 그렇다고 내가 이해나 동정의 눈빛이나 행동을 보였다면 그녀는 참아낼 수 없었을 것이다. 우리는 그녀의 결혼 생활에 아무 그늘도 없는 양 이야기하고 행동했다. 나는 그들 부부 사이에 최초의 정열과 기쁨의 폭풍이 지나가버린 것을 애석해했지만 남들 앞에서 품위를 잃지 않았을 뿐 아니라 둘 사이에서도 아름다움과 상호 존중을 잃지 않고 지낼 수 있는 것을 다행으로 여겼다.

무오트는 내게 자기 집에서 묵으라고 권했지만 나는 받아들이지 않았고 그는 더 이상 우기지 않았다. 나는 매일 그의 집으로 찾아갔다. 게르트루트는 나를 반겼고 나와 즐겁게 잡담을 하고 노래를 불렀다. 내가 그의 집을 방문하는 일은 내게만 즐거운 일이 아니었던 셈이다.

오페라는 12월에 무대에 오르기로 설정되었다. 나는 2주일간 뮌헨에 머물면서 모든 연습에 참관해 여기저기 수정도 하고 조정도 했다. 하지만 내 작품이 이미 나를 떠나 훌륭한 사람들의 손에 넘어가 있다는 생각이 드는 것을 어쩔 수 없었다. 가수들, 바이올리니스트와 플루트 연주자들, 지휘자와 합창단원들이 이제는 나에게 낯설게 여겨지는 내 작품, 이제는 스스로 생명을 지니고 호흡하는 것 같은 내 작품, 이제 더 이상 내 것이 아닌 내 작품을 연습하는 모습을 바라보고 있자니 기분이 묘했다.

"두고 봐." 무오트가 이따금 말하곤 했다. "자네는 이제 곧 유명세를 치르게 될 거야. 그 저주받은 공기를 호흡하게 될 거라고. 자네 자신을 위해서 오페라가 성공하지 않기를 바라고 싶을 정도야. 사냥개 무리들이 자네 뒤를 따라 다닐 테고 자네 머리카락이나 전기(傳記)를 팔아야 할 처지가 될 거야. 대중들의 그 허황된 찬사도 실컷 맛보게 될 거고. 사람들이 이미 자네가 다리를 전다는 이야기를 하고 있다네. 그런 게 인기를 끄는 법이거든."

나는 공연 며칠 전에 다시 오기로 하고 뮌헨을 떠났다. R시로 돌아와 타이저 남매를 공연에 초대하자 두 사람은 뛸 듯이 기뻐했다. 어머니는 겨울철 여행은 물론이고 흥분할 만한 일은 피하고 싶다며 마다했다. 나는 집에 그대로 머물러 있겠다는 어머니에게 굳이 함께 가자고 강권하지 않았다. 시간이 흘러감에 따라 나의 흥분은 점점 더 고조되었으며 매일 밤 포도주를 마셔야 겨우 잠을 이룰 수 있었다.

빠르게 겨울이 되었다. 우리의 작은 집과 정원이 눈으로 깊게 덮인 어느 날 아침 타이저 남매가 마차를 타고 나를 데리러 왔다. 어머니가 창가에서 우리에게 손을 흔들어주는 가운데 마차가 출발했고 두꺼운 목도리를 두른 타이저는 여행 노래를 불렀다. 기나긴 여행 내내 타이저는 크리스마스 휴가를 떠나는 소년 같았다. 브리기테는 훨씬 차분했지만 그녀는 온몸으로 기쁨의 빛을 발하고 있었다. 그들과 함께 여행할 수 있게 된 것은 정말 다행이었다. 나는 안정을 잃고 있었으며 마치 선고를 기다리는 죄인의 심정이었던 것이다.

역으로 마중 나온 무오트는 내 심정을 금방 눈치채고 웃으며 말했다.

"자네 바짝 얼어 있군. 주여, 감사합니다! 결국, 자네는 음악가이지 철학가가 아니야."

그의 말이 옳은 것 같았다. 흥분이 공연 당일까지 이어져 밤에 잠을 이룰 수 없었던 것이다. 흥분하기는 타이저 남매도 마찬가지였다. 침착한 것은 오로지 무오트뿐이었다.

나는 공연 당일이 되기까지 며칠간의 일을 정확히 기억할 수 없다. 그만큼 흥분해 있었던 것이다. 그사이 게르트루트도 거의 만나지 않았다. 다만 타이저 남매와 함께 그녀를 방문했을 때 쾌활하고 다정하게 남매를 반겨주던 그녀의 모습, 게르트루트를 거의 감탄의 눈빛으로 우러러보는 듯하던 브리기테의 모습은 분명히 기억하고 있다.

드디어 공연 날 밤이 되었다. 관중들이 극장으로 입장하는 동안 나는 안절부절못한 채 무대 뒤에 서 있었다. 나는 무오트 곁으로 갔다. 그는 이미 의상을 갖춰 입고 소란한 곳을 피해 작은 방에서 혼자 샴페인을 반병이나 천천히 비우고 있었다.

"자네도 한잔 하겠나?" 그가 다정하게 말했다.

"아니, 됐어. 너무 흥분되지 않겠어?"

"뭐가? 아, 샴페인 말이로군. 괜찮아, 이걸 마시면 마음이 가라앉아. 일을 앞두고는 꼭 한두 잔씩 마신다네. 아, 시간이 되었군."

안내원이 나를 특별석으로 안내했다. 그곳에는 이미 게르트 루트와 타이저 남매를 비롯해 극장 고위 간부 한 명이 앉아 있었다. 세르트루트는 나정하게 내게 인사했으며 내 뒤에 앉아 있던 타이저는 흥분을 감출 수 없다는 듯 내 팔을 꼬집었다. 시작 벨이 울리고 극장 안이 어두워졌으며 서곡이 장엄하게 울려 퍼지기 시작했다. 이제 내 마음은 차분해져 있었다.

드디어 내 작품이 내 앞에 모습을 드러냈다. 내가 잘 알고 있는 작품이면서 동시에 낯선 작품이었다. 그 작품은 이제 더 이상 나를 필요로 하지 않는 하나의 생명체였다. 지나간 날의 기쁨과 고통들, 나를 설레게 했던 희망들과 잠 못 이룬 밤들, 당시의 정열과 그 시절을 향한 향수들이 나로부터 떨어져 나가 변모된 모습으로 나와 마주하고 있었다. 은밀한 시간에 은밀한 곳에서 내 안에 일었던 감정들이 극장 안에 울려 퍼지며 수많은 낯선 사람들을 사로잡고 있었다.

무오트가 등장해서 절제된 목소리로 노래를 시작했다. 이윽고 그의 목소리가 점점 커지더니 스스로 도취한 듯 격정을 담아 노래를 불렀다. 이어서 소프라노 여가수가 높고 달콤한 목소리로 화답했다. 곧이어 너무 귀에 익은 노래가 들려왔다. 게르트루트가 부르던 노래였으며 그 노래는 그녀에 대한 나의 찬사, 은밀한 사랑의 고백이었다. 나는 시선을 돌려 게르트루트의 밝은 눈을 바라보았다. 그녀는 내 마음을 안다는 듯 따뜻한 눈길로 내 눈길에 답했다. 순간 나의 청춘의 온갖 기억들이 잘 익은 과일 향처럼 나를 감싸는 것만 같았다.

그때부터 나는 다른 관객들처럼 차분하게 오페라를 감상할 수 있었다. 박수갈채가 울려 퍼졌다. 남녀 가수들이 막 앞으로 나와 허리 굽혀 인사했다. 무오트는 여러 차례 불려 나왔고 불이 밝혀진 객석을 향해 밝은 미소를 지었다. 나도 무대에 오르라는 재촉을 받았지만 나는 얼이 빠진 상태인 데다 다리를 절면서 그 아늑한 은신처로부터 나가고 싶지 않았다. 타이저가 환한 얼굴로 나를 얼싸안았고, 청하지도 않았는데 극장 간부의 두 손을 덥석 움켜쥐었다.

축하연이 준비되어 있었다. 만일 오페라가 실패했더라도 연회는 우리를 기다리고 있었을 것이다. 우리는 마차를 타고 그곳으로 갔다. 게르트루트는 남편과 함께였으며 나는 타이저 남매와 함께였다. 마차가 연회장에 이르기까지의 짧은 시간 동안 아무 말도 없던 브리기테가 갑자기 울음을 터뜨렸다. 처음에는 울음을 억누르려 하는 것 같았지만 이윽고 두 손으로 얼굴을 덮었고 눈물이 철철 흘러내렸다. 나는 무슨 말을 해야 할지 몰

제7장

라 잠자코 있었다. 하지만 타이저까지도 아무 말 없이 그녀에게 왜 우느냐고 묻지 않는 것이 놀라웠다. 그는 누이동생의 등에 손을 얹은 채 어린아이를 달래듯 다정하게 위로의 말을 중얼거릴 뿐이었다.

축하연 자리에서 사람들이 나의 다음 작품에 대해 물었다. 내가 오페레타가 될 것이라고 말하자 그들은 실망한 눈치였다. 그들은 나의 다음 오페라를 위해 축배를 들었지만, 다음 작품은 세월이 흐른 지금까지 세상에 나오지 않고 있으며, 나는 지금은 나의 첫 오페라도 절대 보고 듣지 않는다.

이윽고 밤이 깊어 연회가 끝나 모두 헤어진 뒤, 집으로 돌아와 잠자리에 들 때가 되어서야 나는 타이저에게 누이동생이 왜 울었는지, 그녀에게 무슨 일이 있었는지 물을 수 있었다. 브리기테는 먼저 잠자리에 들고 없었다. 타이저는 약간 놀란 듯 유심히 나를 바라보더니 고개를 저으며 휘파람만 불었다. 내가 재차 물어보자 그가 말했다. 약간의 힐난 조였다.

"자네 정말 눈뜬장님이로군. 아무것도 눈치채지 못했단 말인가?"

그제야 어렴풋이 뭔가 짐작이 되었지만 나는 모르겠다고 대답했다.

"그렇다면 말해주지. 저 애가 오래전부터 자네를 좋아하고 있었다네. 자네에게는 물론이고 내게도 말한 적이 없어. 하지만 나는 눈치채고 있었지. 솔직히 말한다면 좋은 결과가 빚어지면 기쁘겠다는 생각도 했다네."

"아니, 저런!" 나는 정말로 슬퍼서 말했다. "하지만 오늘 일은 대체 어찌 된 거예요?"

"오늘 운 것 말인가? 이런 바보 같으니! 그래, 우리가 아무것도 못 본 것 같아?"

"뭘 봤다는 거지요?"

"이런! 자네가 그런 이야기를 할 필요는 없었겠지. 그리고 그런 말을 하지 않은 것도 잘한 일이야. 그렇다면 행동도 조심했어야지. 무오트 부인을 그런 눈길로 보면 안 되었단 말일세. 이제 우리가 훤히 다 알게 된 거야."

나는 굳이 그에게 나의 비밀을 지켜달라고 요구하지 않았다. 나는 그가 믿을 수 있는 사람이라는 것을 알고 있었다. 그는 살며시 내 어깨 위에 손을 올려놓았다.

"이보게, 이제 나는 자네가 우리에게 아무 말도 하지 않은 채요 몇 년 동안 어떤 고통을 겪었는지 충분히 상상할 수 있네. 나도 비슷한 경험을 했거든. 우리 앞으로 함께 하면서 좋은 음

제7장

205

악을 만들기로 하세. 이 불쌍한 아이 마음도 달래주어야겠지. 자, 손을 이리 주게. 오늘 아주 좋았어! 집에서 다시 만나기로 하세. 나는 내일 아침 일찍 저 애와 함께 떠나겠네."

이렇게 기쁨의 날은 끝났다. 우리는 그 생각을 하며 오랫동안 잠을 이루지 못했다. 나는 브리기테 생각도 했다. 그녀는 내 내 내 곁에 있었고 나의 좋은 친구였다. 게르트루트가 나의 좋은 친구였듯이 그녀도 나의 친구였으며 나는 그 이상은 바라지 않았다. 내가 다른 사람을 사랑하고 있다는 것을 알게 되었을 때의 브리기테의 심정은 내가 무오트의 집에서 편지를 발견하고 권총에 장전을 할 때의 심정과 같은 것이었으리라. 그 모든 것이 슬프기 그지없는 일이었지만 나는 씁쓸한 미소를 지을 수밖에 없었다.

나는 뮌헨에 며칠 더 머물면서 대부분의 시간을 무오트 부부와 함께 보냈다. 하지만 우리 셋이 처음으로 함께 피아노를 치며 노래를 부르던 때의 우리들이 더 이상 아니었다. 우리는 오페라 공연의 후광 속에서 말없이 그 시절을 함께 되새기고 있었으며 게르트루트와 무오트 사이에서 잠시 반짝였던 열정을 되새기고 있었다. 그들과 작별 인사를 하고 밖으로 나온 나는 헐벗은 나무들 사이로 평화롭게 보이는 집을 올려다보았다. 나는 내가 자주 이 집에 들를 수 있기를 기원했다. 그리고 저 안에 있는 두 사람이 다시 가까워져서 영원히 함께 할 수 있게 해주기 위해서라면 나의 작은 행복과 만족은 기꺼이 포기할 수도 있으리라고 생각했다.

제8장

집으로 돌아오자 무오트가 예언했던 대로 내 성공의 결과가 나를 기다리고 있었다. 그의 말대로 결코 바람직하지 않은 일들이었으며 때로는 어처구니없기도 했다. 오페라에 관한 것은 일체 에이전트에게 일임했기에 사무적인 일에서는 그럭저럭 벗어날 수 있었다. 하지만 일반 방문객의 발길이 끊이지 않았으며 신문기자들, 출판업자들이 잇따라 찾아왔고 어리석은 편지들이 줄을 이었다. 꽤 오랜 시간이 지나서야 갑자기 유명해진 이름 때문에 짊어지게 된 짐, 그것들에 대해 애초에 느꼈던 환멸에서 벗어날 수 있었다.

사람들은 유명해진 이름에 대하여 기묘한 방법으로 자신들의 권리를 주장한다. 그 이름의 주인공이 신동(神童)이건 작곡가

건 시인이건, 심지어 강도이건 살인자이건 상관이 없다. 어떤 사람은 사진을, 어떤 사람은 육필을 원하고, 어떤 사람은 돈을 구걸한다. 음악에 발을 갓 들여놓은 초심자들은 자신의 작품을 보내어 온갖 아양을 떨면서 평을 부탁한다. 그 부탁에 응하지 않거나 비판적인 의견이라도 보내면 그 찬양자는 당장에 태도를 돌변해 이를 갈면서 분개한다. 잡지는 유명인의 사진을 원하고 신문은 그의 삶과 출신과 외모에 대한 기사를 쓴다. 학교 동창들은 모두 그를 기억하고 먼 친척들은 이미 오래전에 그가 유명해질 것을 알고 있었다고 당당하게 선언한다.

그 귀찮은 편지들 중에는 나를 즐겁게 한 편지도 한 통 있었다. 바로 미스 슈니벨로부터 온 편지였다. 그리고 내가 오랫동안 잊고 있던 사람으로부터 온 것도 있었다. 금발의 리디에게서 온 편지였다. 그녀는 우리가 썰매를 함께 탔던 일에 대해서는 한마디도 언급하지 않은 채 마치 오랫동안 우정을 나누어 온 친구 같은 투로 편지를 썼다. 고향의 음악 선생과 결혼한 그녀는 내 작품에 친히 서명을 해서 보내주면 고맙겠다며 주소를 알려왔다. 그녀의 편지에는 그녀의 사진이 동봉되어 있었는데 눈에 익은 그 얼굴은 늙고 평범했다. 나는 매우 친절하게 답장을 해주었다.

하지만 이런 사소한 일들은 내 삶을 그저 스쳐 지나가는 일들일 뿐 아무런 흔적도 남기지 않았다. 심지어 나의 성공 덕분에 새롭게 알게 된 교양 높은 사람들, 음악을 진정으로 사랑하는 유명 인사들도 나의 실제의 삶과는 유리된 존재들이었으며 그들은 나의 삶을 조금도 변화시키지 못했다. 따라서 내가 여러분들에게 들려줄 이야기는 여전히 이제까지 나와 가깝게 지내왔던 사람들의 이야기일 뿐이다.

임토르 노인은 예전에 게르트루트가 집에 있었을 때만큼 자주 음악회를 열지는 않았다. 하지만 3주마다 고풍의 그림들에 둘러싸인 채 실내악의 밤이 열렸고 나는 빠짐없이 참석했다. 물론 가끔 타이저와 동행하기도 했다. 노인은 자주 나와 단둘이 이야기를 나누길 원했고 나는 음악회가 열리기 전에 일찍 그의 서재로 찾아가곤 했다. 그의 서재에는 게르트루트의 사진이 걸려 있었다. 노신사와 자주 만나게 되면서 우리는 깊은 속마음을 나눌 정도로 가까워졌다. 나는 뮌헨에서 있었던 일에 대해 그에게 이야기했으며 게르트루트 부부에 대해 내가 받은 인상을 숨김없이 이야기해주었다. 노인은 그럴 줄 알았다는 듯 고개를 끄덕였다.

그는 한숨을 내쉬며 말했다.

"모든 게 다 잘되길 빌 수밖에. 그런데 우리가 할 수 있는 일이 아무것도 없군. 여름에 두 달 동안 그 애를 이곳에 와서 지내게 할 작정인데, 그때가 오기만 손꼽아 기다린다오."

임토르 노인과 나는 게르트루트가 행복하길 원했고, 그녀의 불행한 결혼 생활에 대해 안타까워 했지만 그 뛰어난 두 사람이 남몰래 겪고 있는 고통이 얼마나 큰지는 모르고 있었다. 나는 그들 두 사람이 서로 사랑하지 않게 되었다고는 생각하지 않는다. 그러나 그들은 본질적으로 서로 맞지 않았다. 그들은 오로지 정열을 통해서만 가까워졌을 뿐이고 흥분으로 도취해 있을 때만 서로 통할 뿐이었다. 삶을 얌전히 수락하고 자신의 본성을 묵묵히 받아들이고 납득하는 것은 무오트에게는 낯선 일이었다. 게르트루트는 무오트의 격정과 우울, 감정의 기복, 자기 망각과 도취에 대한 끊임없는 욕구 등을 안타까운 심정으로 참아내기만 할 뿐, 그를 바꿀 수도 없었고 그런 것들에 동참할 수도 없었다. 그렇게 둘은 서로를 사랑하고 있었지만 둘 사이에는 거리가 있었다. 무오트는 게르트루트를 통해 평화와 행복을 찾겠다는 자신의 소망이 어긋났음을 알았고 게르트루트는 자신의 좋은 의도와 희생이 아무 소용이 없다는 것을, 자신

제8장

211

이 그를 편하게 해줄 수도 없고 그를 구해줄 수도 없다는 것을 알고 고통스러워 했다. 그들은 그렇게 그들의 소망, 그들의 꿈이 좌절되고 사라진 채 오로지 희생과 인내로 함께 지내고 있었으니, 그것은 대단한 용기를 필요로 하는 일이었다.

여름이 되어 무오트가 게르트루트를 그녀의 아버지에게 데리고 왔을 때 나는 오페라 공연 이후 처음으로 그를 만날 수 있었다. 그는 전에 없이 그녀와 내게 상냥하고 정중했다. 나는 그가 그녀를 잃을까 봐 얼마나 두려워하는지 알아차릴 수 있었으며 만일 그녀를 잃는다면 도저히 견딜 수 없으리라는 것을 느낄 수 있었다. 하지만 게르트루트는 지쳐 있었으며 오로지 기력과 안정을 되찾아줄 수 있는 휴식과 조용한 분위기만을 원하고 있었다.

날씨가 온화한 어느 날 저녁 우리는 함께 우리 집 정원에 모여 있었다. 게르트루트는 나의 어머니와 브리기테 사이에 앉아 브리기테의 손을 잡고 있었다. 무오트는 장미꽃들 사이를 조용히 거닐었고 나와 타이저는 테라스에서 바이올린 소나타를 연주했다. 게르트루트가 조용히 한때의 평화를 즐기는 모습, 브리기테가 고뇌에 싸인 아름다운 게르트루트의 얼굴을 존경의 시선으로 바라보며 바싹 붙어 앉아 있는 모습, 무오트가 고개를 숙인 채 조용한 걸음걸이로 그늘 속을 걸으며 귀를 기울이고 있는 모습은 지워지지 않는 한 폭의 그림으로 지금도 내 기억 속에 남아 있다. 그리고 그 그림 속에 무오트가 약간은 농담조로, 하지만 슬픈 눈길로 내게 던진 한마디 말도 새겨져 있다.

"세 명의 여자가 함께 앉아 있는 모습이 보기 좋군. 하지만 행복해 보이는 사람은 자네 어머니뿐이야."

그 모임이 있은 직후 우리는 각자 여행을 떠났다. 무오트는 혼자 바이로이트로, 게르트루트는 아버지와 함께 산으로, 타이저 남매는 슈타이어마이크로, 나는 어머니와 함께 북해로 갔다. 나는 그곳에서 바닷가를 거닐며 바다에 귀를 기울였다. 나는 사랑에 대해, 우리들의 불가해한 운명에 대해 깊은 생각에 잠겼다. 하지만 제아무리 사색을 하고 곰곰이 생각을 거듭해도 바뀌는 것은 없었다. 음악이 내 영혼을 뒤흔들 때면 나는 모든 것을 이해할 수 있었다. 한마디 말이 없이도 나는 내 삶 저 깊은 곳에서 순수한 하모니를 느낄 수 있었으며 이 세상 모든 일들이 나름대로 그 의미를 지니고 있음을, 미(美)라는 숨어 있는 법칙을 따르고 있음을 알 것 같았다. 설령 그것이 나만의 환상이라 할지라도 나는 그 환상 안에서 살고 있었으며 그 안에서 행복했다.

제8장

213

어찌 보면 게르트루트가 여름 동안 남편과 떨어져 있지 않는 것이 나았을지도 몰랐다. 물론 그녀는 많이 회복되었고 가을에 여행에서 돌아왔을 때는 건강도 좋아지고 강인해진 것 같았다. 하지만 그녀의 건강 회복과 함께 모든 것이 잘 되리라고 믿었던 것은 잘못이었다.

게르트루트는 몇 달 동안 아버지와 함께 마음 편하게 지냈다. 쉬고 싶으면 얼마든지 쉴 수 있었고 지친 사람이 혼자 남게 되면 곧 잠에 빠져들 듯 안도감을 느끼며 이런 정적 상태에 깊이 침잠해 있었다. 하지만 그녀는 우리가 생각하는 것보다, 그녀 스스로 느끼고 있는 것보다 더 지쳐 있었다. 무오트가 그녀를 데리러 올 날이 가까워지자 그녀는 다시 의기소침해졌으며 잠을 이루지 못했고, 아버지에게 좀 더 머물러 있게 해달라고 간청했다.

임토르 씨는 당연히 놀랐다. 그는 새로운 힘을 얻은 딸이 새로운 각오로 기꺼이 무오트에게 돌아가리라고 생각하고 있었다. 하지만 그는 딸의 청을 그대로 받아들였다. 게다가 그는 한 술 더 떠, 훗날 이혼에 대비해서 장기간 별거를 하면 어떻겠느냐는 뜻을 은근하게 내비쳤다. 그녀는 매우 흥분해서 아버지의 말을 반박했다.

"나는 아직 그이를 사랑하고 있어요!" 그녀는 격하게 외쳤다. "그이를 결코 버리지 않을 거예요. 그이와 함께 지내는 게 조금 힘들 뿐이에요. 제게 다시 용기가 생길 때까지 다만 두어 달 더 쉬고 싶을 뿐이에요."

임토르 씨는 게르트루트의 건강이 아직 회복되지 않았기에 당분간 이곳에 더 머물러 있고 싶어 한다고 무오트에게 편지를 보냈다. 유감스럽게도 무오트는 그 편지를 가볍게 받아들이지 않았다. 오랫동안 떨어져 있다 보니 무오트는 아내를 너무 그리워하고 있었다. 그는 선의로 가득 차서 아내가 돌아오기를 기다리고 있었다. 그리고 이번에는 아내를 완전히 자기의 것으로 만들겠다는 각오를 하고 있었다. 그런 상황에서 임토르 씨의 편지는 그에게 이만저만 실망이 아니었다. 그는 장인에게 의혹에 가득 찬 분노의 편지를 보냈다. 그는 이혼을 바라고 있는 장인이 게르트루트를 부추겼다고 생각했다. 그는 게르트루트를 되찾겠다는 희망에서 게르트루트를 곧 만나봐야겠다고 썼다. 임토르 씨는 나를 찾아와 게르트루트에게 휴식이 필요하다고 무오트를 설득해달라고 부탁했다. 하지만 나는 무오트가 내게 털어놓지 않은 개인적 신상을 내가 소상히 알고 있는 모습을 보이는 건 오히려 사태를 악화시킬 뿐이라 생각하고 망설였다. 결국 임토르 노인이 게르트루트의 건강이 아직 좋지 않으니 만남을 좀 더 미루는 게 좋겠다는 내용의 편지를 보내는 것으로 마무리뇌었다.

그러던 어느 날 무오트가 사전 예고도 없이 불쑥 찾아왔다. 그가 게르트루트를 향한 사랑과 임토르 씨를 향한 의혹을 하도 격하게 노골적으로 드러내는 바람에 우리는 모두 놀랄 수밖에 없었다. 무오트와 아버지 사이에 편지가 오간 것을 전혀 모르고 있던 게르트루트도 그가 갑자기 찾아와 흥분한 모습을 보이자 놀랐다. 이후 어떤 딱한 장면이 연출되었는지 자세한 내용을 나는 모른다. 다만 무오트가 게르트루트에게 어서 뮌헨으로 함께 돌아가자고 간청했다는 사실만 알고 있을 뿐이다. 게르트루트는 꼭 그래야 한다면 함께 돌아가겠지만 아직 지쳐 있고 더 쉬고 싶으니 아버지 곁에 조금만 더 머물게 해달라고 말했다. 그러자 무오트는 그녀가 자신을 버리려 하고 있다고 그녀를 비난했으며 그녀가 아버지 꼬임에 넘어가 있음을 넌지시 암시했다. 그녀가 다시 부드럽게 설명을 해주자 그의 의심은 더욱 커졌으며 분노와 슬픔에 사로잡혀 어리석게도 그녀에게 즉각 자신에게 돌아오라고 명령을 내릴 지경에 빠지고 말았다. 그러자 그녀의 자존심이 폭발했다. 그녀는 그의 말을 더 이상 듣지 않겠다고, 아버지 곁에 머물러 있겠다고 차분하게 선언했다.

그런 해프닝에 대해 화해 비슷한 것이 이루어졌다. 부끄러움과 자책감에 사로잡힌 무오트가 아내를 달래며 그녀의 청을 모두 받아들이겠다고 말한 것이다. 그는 나를 만나지도 않은 채 곧바로 뮌헨으로 떠났다. 뮌헨에 도착한 무오트는 게르트루트에게 편지를 써서 재차 용서를 구했다. 게르트루트는 그에게 좀 더 참아 달라는 답장을 보냈다.

당시 나는 게르트루트를 별로 자주 만나지 않았다. 때때로 그녀에게 노래를 불러보라고 설득했지만 그녀는 언제나 머리를 가로저을 뿐이었다. 하지만 그녀가 피아노 앞에 앉아 있는 모습은 여러 번 볼 수 있었다.

언제나 강인하고 명랑하며 평온하던 아름다운 여인이, 그렇게 자존심이 강하던 여인이 이제 바탕까지 흔들리는 수줍은 여인으로 변한 모습을 본다는 것은 내게는 거의 기이한 일처럼 여겨졌다. 그녀는 가끔 나의 어머니를 찾아와 친절하게 우리의 안부를 묻고 잠시 동안 안락의자에 앉아 어머니와 잡담을 시도해보기도 했다. 나는 그녀의 목소리를 듣고, 그녀가 억지로 미소 짓는 모습을 보고 가슴이 찢어지는 것 같았다. 나는 깊은 고뇌를 억지로 속에 감추려 애쓰는 그녀의 얼굴을 차마 제대로 바라볼 수 없었다.

우리는 마치 아무 일도 없는 것처럼 이야기를 나누고 생활하고 만났다. 하지만 서로에게 어색함을 느끼며 가능한 한 둘이 만나는 것을 피했다. 그렇게 감정의 혼란을 겪고 있는 가운데 나는 이따금 격렬한 열정에 사로잡히곤 했다. 그녀의 마음은 이제 그녀의 남편의 것이 아니다, 그녀는 자유로우며 이제 다시 그녀를 잃지 않고 내 것으로 만들 기회다, 그 어떤 폭풍우와 고뇌가 닥쳐오더라도 그녀를 내 품에서 보호할 수 있느냐 아니냐는 오로지 내게 달려 있다! 그럴 때면 나는 내 방에 틀어박힌 채 나의 오페라 중에서 가장 열정적인 사랑의 곡들을 연주했다. 갑자기 그 곡이 좋아졌고 다시 이해할 수 있게 된 것 같았다. 나는 밤새 그리움으로 깨어 있으면서 내 젊은 시절의 그 강렬한 고뇌를, 그 이루지 못한 욕망을, 내가 처음으로 그녀에게 곡을 주고 잊을 수 없는 키스를 했던 그때만큼 강렬하게 맛보았다. 그 키스가 다시 내 입술에 타올라 몇 년간에 걸친 내 마음의 평화와 체념을 모두 파괴해버렸다.

게르트루트 앞에 있을 때만 나의 그 열정이 가라앉았다. 내가 만일 나의 친구인 그녀의 남편도 염두에 두지 않은 채 내 욕망만을 좇아 그녀의 마음을 빼앗으려는 어리석고 비열한 놈이었다 할지라도 그녀의 슬픈 얼굴, 온갖 고통에 시달리고 있는 이 고결한 모습 앞에서는 오로지 그녀를 동정하고 그녀를 배려하는 마음밖에는 보일 수 없었을 것이다. 그녀가 점점 더 괴로워하면 괴로워할수록 그녀는 점점 더 접근하기 어려운 자존심이 강한 존재가 되었다. 훤칠한 그녀의 몸은 더욱 꼿꼿해졌으며 섬세한 그녀의 얼굴은 이전 그 어느 때보다도 고결해졌다. 그녀의 그런 자태는 그 누구도 그녀 가까이 접근하는 것을, 제아무리 사려 깊은 행동으로라도 그녀의 고통을 함께 나누는 것을 결코 허용하지 않았다.

이 기나긴 침묵의 몇 주일이 아마 내 삶에서 가장 힘든 시기였을 것이다. 한편에는 가까이 있으나 접근할 수 없는, 도무지 다가갈 방법이 없는, 혼자 있으려고만 하는 게르트루트가 있었다. 그리고 다른 한편에는 나를 사랑하고 있음을 내가 알고 있는, 오랫동안 멀어져 있다가 다시 꽤 좋은 관계를 맺게 된 브리기테가 있었다. 그리고 우리 모두 사이에 나의 어머니가 있었다. 어머니는 고뇌하는 내 모습을 보고 모든 것을 짐작하고 있었지만 내가 완강하게 침묵을 지키자 한 마디도 묻지 않았다. 하지만 그 무엇보다 비참한 것은 내가 소중히 여기는 사람들

제8장

219

이 파멸에 이르게 될 것을 빤히 알면서도 그 모든 것을 곁에서 지켜볼 수밖에 없다는 사실, 그들이 왜 고통스러워하는지 알고 있나는 말조차 할 수 없다는 사실이었다.

그런 고통스러운 나날들을 보내고 있을 때 무오트로부터 편지가 날아왔다. 마치 팽팽하게 긴장돼 있던 내 신경 줄을 완화해주는 것 같은 구원의 편지였다.

쿤에게,

자네의 오페라는 이미 여러 곳에서, 아마 이곳에서보다 더 훌륭하게 공연되고 있네. 자네가 이곳으로 와주었으면 하네. 최소한 내가 두 번째로 자네 오페라에서 노래를 하게 될 다음 주에라도 와주면 고맙겠네. 알다시피 아내는 병중이고 나는 이곳에 홀로 있네. 그러니 이것저것 따질 것 없이 내 집에 머물 수 있을 걸세. 다만, 아무도 데리고 오지 말게!

무오트로부터

무오트는 꼭 필요한 경우가 아니라면 결코 편지를 쓰지 않았다. 나는 곧 떠나기로 작정했다. 그가 나를 필요로 하고 있음이 분명했다. 나는 게르트루트에게 알릴까 잠시 망설이다가 떠나기 전에 그녀의 아버지를 방문하는 것으로 그쳤다.

비가 사납게 몰아치는 궂은 늦가을이었다. 거리는 음침했다. 뮌헨에 도착한 나는 곧바로 무오트의 집으로 갔다. 모든 것이 1년 전 그대로였다. 하인도 방의 가구도 그대로였다. 다만 모든 것이 황량하고 공허해 보였다. 무오트는 집에 없었고 하인이 짐을 푸는 것을 도와주었다. 나는 쓸데없는 생각에 사로잡히는 것을 막기 위해 피아노 앞에 앉아 결혼식 서곡을 연주했다.

얼마 후 무거운 발소리가 들리더니 하인리히 무오트가 안으로 들어섰다. 그는 내게 손을 내밀며 지친 듯 나를 바라보았다.

"늦어서 미안하네. 극장 일이 바빠서. 내가 오늘 밤에 노래하게 되어 있다는 건 알고 있지? 자, 식사나 하러 가세."

그가 앞장서서 방을 나섰다. 그는 변해 있었다. 정신이라도 나간 듯 멍한 상태였다. 그는 오로지 극장 이야기만 했다. 다른 이야기는 일체 하고 싶지 않은 것 같았다.

그런데 식사를 끝냈을 때 그가 불쑥 말했다.

"와줘서 고맙네. 오늘 저녁은 특별히 신경을 써주겠네."

"고마워. 한데 얼굴이 안 좋아 보이는군."

제8장

221

"그래? 하지만 어쨌든 즐겁게 보내기로 하세. 자네도 알다시피 나는 홀아비잖아."

이어서 그가 눈길을 돌리면서 말했다.

"게르트루트는 어떻게 지내나? 뭐, 특별한 소식 없나?"

"별것 없어. 아직 신경이 좀 예민해 있고 잠을 잘 못 이룬다고 하더군."

"그래, 알았어. 이제 그 이야기는 그만하세. 거기서 보살핌을 잘 받고 있으니까."

그는 일어나서 방 안을 서성이더니 나를 의혹의 눈초리로 바라보았다. 그리고 갑자기 웃음을 터뜨리더니 말했다.

"로테가 다시 나타났어."

"로테가?"

"그래, 언젠가 자네를 찾아가서 내 이야기를 한 여자. 누군가와 결혼을 했는데, 여전히 내게 관심이 있는 모양이야."

"그래, 받아들였나?" 내가 조심스럽게 물었다.

"아하, 자네는 내가 그럴 수 있다고 믿는군. 아냐, 그냥 보내 버렸어. 이런! 재미없는 이야기를 했군. 미안하네. 난 지금 무척 피곤해. 저녁에 노래를 불러야 하는데……. 괜찮다면 저쪽 방에서 한 시간쯤 잠을 좀 잤으면 하는데……."

"그렇게 해. 난 좀 나갔다 올 테니 푹 쉬도록 해. 마차를 좀 불러줄 수 있겠나?"

나는 음산하기까지 한 이 집에 홀로 있기 싫었다. 나는 마차를 타고 미술관을 둘러보고 카페에 앉아 신문을 읽으면서 시간을 보낸 후 돌아왔다. 나는 무슨 수를 써서라도 무오트와 나 사이의 냉랭한 분위기를 깨고 숨김없이 이야기를 나눠보리라고 결심했다.

내가 돌아와 보니 무오트는 한결 기분이 좋아진 듯 웃고 있었다.

"잠이 모자랐던 모양이야. 이제 완전히 풀렸어. 뭐 좀 연주해 주겠나? 괜찮다면 서곡이라도."

그가 이렇게 갑자기 변한 게 놀랍기도 하고 반갑기도 해서 나는 그의 청을 들어주었다. 연주가 끝나자 그는 예전처럼 아이러니와 익살을 섞어 농담을 했고 나는 옛날처럼 그의 번득이는 재치에 사로잡혔다. 저녁녘에 집을 나설 때 나는 부지불식간에 뒤를 돌아보며 그에게 물었다.

"이제 개는 안 키우나?"

"응. 게르트루트가 개를 싫어해서."

우리는 말없이 극장으로 마차를 몰았다. 나는 오케스트라 지

제8장

휘자에게 인사를 했고 그는 내게 좌석을 마련해주었다. 나는 홀로 특별석에 앉아 오페라를 감상했다. 모든 것이 달라져 있었다. 게르트루트도 없었으며 무대에서 노래하는 무오트도 다른 사람이 되어 있었다. 그는 열정적으로 노래했다. 관객들은 그 역을 맡은 그를 좋아하는 듯 처음부터 열광적으로 그의 연기와 노래에 빠져들었다. 하지만 내가 보기에 그는 지나치게 열을 내고 있는 것 같았으며 그의 목소리도 거의 무모하다 싶을 정도로 과장되고 높아 보였다.

1막이 끝났을 때 나는 막간을 이용해서 객석에서 내려가 그를 찾았다. 그는 방에 앉아서 샴페인을 마시고 있었다. 두서너 마디 말을 주고받는 중에도 그의 눈은 술에 취한 사람처럼 풀려 있었다. 무오트가 옷을 갈아입는 동안 나는 지휘자를 찾아갔다.

내가 그에게 물었다.

"무오트가 어디 몸이 아픈 거 아닙니까? 샴페인으로 몸을 지탱하는 것 같아서요."

그는 절망적인 시선으로 나를 바라보았다.

"아픈지 아닌지는 모르겠지만 스스로 몸을 망치고 있는 건 확실해요. 어떨 때는 거의 취한 상태에서 무대에 오르기도 합니다. 술을 마시지 않은 상태에서는 연기도 노래도 형편없어요. 전에도 무대에 오르기 전에는 몇 잔의 샴페인을 마시곤 했지만 이제는 아예 한 병씩 마십니다. 충고를 하려면 해도 좋지만 별 소용이 없을 거요. 무오트 스스로 자신을 망가뜨리고 있으니."

공연이 끝나고 무오트가 나를 데리러 왔고 우리는 가까운 식당으로 갔다. 그는 낮에 보았을 때와 마찬가지로 다시 시무룩해져서 포도주만 들이켰다. 너무나 지치고 피곤한 모습이었다.

다음 날 그는 늦게 자리에서 일어났다. 눈빛도 불안정했으며 잿빛 얼굴은 지친 듯 축 늘어져 있었다. 아침 식사 후 나는 더 이상 두고 볼 수가 없어서 용기를 내어 그를 비난했다.

"자네는 스스로를 죽이고 있어. 샴페인으로나 기운을 차리고 있으니 나중에 그 대가를 치르게 될 거야. 자네가 왜 그러는지는 짐작할 수 있어. 자네가 홀몸이라면 나는 아무 말도 않겠네. 자네는 안팎으로 훌륭해야 하고 사내답게 행동할 책임이 있어. 바로 그녀에게 말이야."

"맞아!" 그가 열을 내는 내 모습이 재미있다는 듯 희미하게 웃었다. "그렇다면 그녀가 내게 지고 있는 책임은? 그녀도 의연하게 행동하고 있나? 그녀는 나를 혼자 내버려두고 부친에게 가 버렸어. 그녀가 애를 쓰지 않는데 왜 나만 그래야 하나? 우리 사이가 이제 완전히 끝장났다는 건 모두들 알고 있어. 자네도 알고 있고. 그런데도 나는 여전히 노래하고 어릿광대짓을 해야 해. 모든 게 헛되고 혐오스러운데 무슨 예술적 영감이 나오겠나? 게다가 그중에서도 예술이 제일 혐오스러운 판인데……."

"하지만 무오트, 어쨌든 다른 식으로 다시 시작해야 해. 이건 뭐, 술만이 자네를 행복하게 해줄 수 있다는 식이 아닌가! 자네는 지금 너무 비참한 상태야. 노래가 지겹다면 휴가를 얻도록 해. 쉽게 얻을 수 있을 거야. 노래로 돈을 벌어야만 하는 처지도 아니지 않은가? 어쨌든 제발 그 어리석은 술이라도 끊게. 멍청한 짓일 뿐 아니라 비겁한 짓이기도 해. 자네도 잘 알 거야."

그는 내 말을 듣고 웃더니 쌀쌀하게 말했다.

"나도 자네 건강을 위해 충고 하나 하지. 어디 가서 왈츠를 추어보게나. 그 멍청한 다리는 잊어버리고. 다리가 아프다는 건 망상일 뿐이니까!"

"그만해!" 나는 화가 나서 소리쳤다. "전혀 다른 문제라는 걸 잘 알면서! 나도 춤을 출 수만 있다면 추고 싶어. 하지만 출 수가 없어. 하지만 자네는 마음만 먹으면 술을 끊을 수 있어! 술은 반드시 끊어야 해!"

"오호, 반드시라! 이보게 쿤, 제발 웃기지 말게. 내가 술을 끊을 수 없는 건 자네가 춤을 출 수 없는 것과 마찬가지야. 나를 그런대로 살아가게 해주고 기운 나게 해주는 걸 끊으라고? 술 꾼이 구세군이라든지 어디 다른 곳에서 만족할 만한 것을 찾으면 술을 끊기도 하지. 내게도 그런 게 있긴 있었어. 바로 여자였지. 그런데 그녀가 내 여자였다가 나를 버린 지금, 나는 다른 여자에게는 아무 흥미가 없어."

"그녀는 자네를 버리지 않았어. 그녀는 돌아올 거야. 지금 단지 몸이 아플 뿐이라고."

"자네는 그렇게 생각하는군. 그녀도 그런 생각이라는 걸 나는 잘 알아. 하지만 그녀는 결코 돌아오지 않아. 배가 침몰하려 할 때면 쥐들이 제일 먼저 배를 떠난다는 걸 자네도 알지? 배가 침몰하리라는 걸 알고 그러는 게 아니야. 단지 뭔가 예감이 안 좋아서 달아나는 거지. 쥐들도 배를 떠날 때는 곧 돌아오리라는 의도를 갖고 있을 거야."

"제발 그런 이야기는 하지 마! 자네는 이제껏 자주 자신의 삶에 대해 절망하곤 했어. 하지만 결국은 다 잘되곤 했잖은가."

"사실이야. 하지만 무슨 위안거리, 혹은 나를 마취시키는 걸 찾을 수 있었기 때문이야. 때로는 여자이기도 했고 때로는 친구이기도 했어. 물론 자네도 포함되네. 때로는 음악이나 극장에서의 갈채가 그 역할을 해주기도 했지. 하지만 지금은 그런 것들이 조금도 즐겁지 않아. 그래서 나는 마시는 거야. 전에도 미리 한두 잔 마시지 않으면 노래를 할 수가 없었어. 그런데 지금은 술 없이는 아예 생각할 수도, 살아갈 수도 없고, 모든 걸 참아낼 수 없어. 어쨌든 설교는 그만두게. 자네마저 귀찮아서 쫓아버릴지 몰라. 자네를 좋아하는데 그런 일이 벌어지면 안 되지. 게다가 자네가 즐거워할 일을 내가 준비해 놓고 있는 판에."

"그래? 그게 뭔데?"

"들어봐. 자네는 내 아내를 좋아해. 적어도 좋아했었어. 나도 아내를 좋아해. 그것도 굉장히 좋아하지. 그러니 오늘 밤 자네와 내가 그녀를 기리는 기념의 밤을 갖자 이거야. 그럴 만한 이유가 있네. 자네가 보지 못한 아내 초상화가 있어. 그림이 채 완성되지 못했을 때 아내가 떠나버려서 화가가 아쉬워했지. 내가 일주일 전에 미완성인 그 그림을 가져오라고 했어. 그리고 액자에 끼워 달라고 맡겼는데 드디어 어제 도착한 거야. 어제 자네에게 보여줄 수도 있었지만 정식 축하연을 여는 게 낫다고 생각했다네. 샴페인 두 병 정도는 준비해야 기분을 낼 수 있지 않은가? 어때, 괜찮지?"

그의 농담조의 말투 뒤에서 감동이, 심지어 눈물까지 느껴졌다. 나는 마음이 썩 내키지는 않았지만 쾌활하게 동의했다. 이리하여 우리는 무오트가 이제 완전히 잃었다고 생각하는 한 여인, 나는 실제로 잃어버린 한 여인을 위한 축하연을 준비했다.

"그녀가 무슨 꽃을 좋아하는지 기억나나?" 그가 내게 물었다. "꽃에 대해서 아는 게 있어야지. 아내가 언제나 하얀 꽃, 노란 꽃, 빨간 꽃들을 꽂아두었던 건 알겠는데, 그게 무슨 꽃인지는 몰라. 자네도 모르나?"

"조금은 알고 있지. 왜 그러나?"

"꽃을 좀 사다 주게나. 마차를 불러야지. 나도 시내에 나가 볼일이 있으니 같이 가세. 그녀가 여기 있는 셈 치고 준비하세."

그는 게르트루트를 위해 여러 가지 아이디어를 준비해 놓았다. 나는 그가 게르트루트를 얼마나 깊이 생각하고 있는지 알 수 있었으며 그 때문에 기쁘면서 동시에 슬펐다. 그는 그녀 때문에 개도 기르지 않고 혼자 지내고 있다. 여자 없이는 한시도 버티지 못하던 그가! 그는 초상화를 가져오라 하고 내게 그녀가 좋아하는 꽃을 사 오라고 주문하고 있다. 그는 마치 가면을 벗어던진 것 같았고 그러자 그 차갑고 이기적인 얼굴 뒤에 숨어 있던 어린아이의 모습이 보이는 것 같았다.

식사 후에 우리는 마차를 타고 시내로 나가 물건들을 사들였다. 국화 한 다발, 장미 한 바구니, 흰 라일락 서너 묶음을 샀다. 동시에 무오트는 K시의 게르트루트에게 배송해달라며 더 많은 꽃을 주문했다.

저녁에 나는 실크 커버를 씌운 새 초상화가 음악실에 놓여 있는 것을 볼 수 있었다. 우리 두 사람은 멋진 식사를 했고, 식사 후 무오트가 결혼식 서곡을 듣고 싶다고 했다. 내 연주가 끝난 뒤 우리는 초상화를 덮고 있던 천을 걷었다. 우리는 잠시 말없이 그 앞에 서 있었다. 밝은 여름 복장을 한 게르트루트의 전신상이 우리 앞에 있었고 그 맑은 눈이 다정하게 우리를 바라보고 있었다. 한참 지난 뒤에 비로소 우리는 서로를 마주 보고 손을 맞잡았다. 무오트가 라인 포도주를 잔에 가득 따랐고 우리 두 사람은 그녀를 생각하며, 그녀를 위하여 축배를 들었다. 그런 후 우리는 조심스럽게 초상화를 맞들고 밖으로 내갔다.

내가 무오트에게 노래를 청했으나 그는 부르고 싶지 않다고 했다.

"자네, 기억나나?" 그가 웃으며 말했다. "내 결혼식 전에 우리 셋이 하루 저녁 함께 보냈었지? 지금 나는 다시 총각 신세가 됐어. 자, 그때처럼 한잔 더 들면서 기분을 풀자. 타이저가 있었으면 좋았을걸. 자네나 나보다 유쾌하게 지내는 법을 더 잘 알거든. 돌아가면 안부 좀 전해주게나. 그는 나를 견딜 수 없어. 하지만 그래도……."

그는 명랑한 태도를 잃지 않고 농담을 계속했으며 내게 지나간 과거의 일들을 상기시켰다. 나는 그가 세세한 것들까지 모두 기억하고 있는 것을 보고 놀랐다. 나는 그런 사소한 일들은 그가 다 잊고 있으려니 생각했고, 그의 평상시의 행동으로 보면 그 편이 더 자연스러웠다. 그런데 그는 내가 마리안을 처음 만나던 날 있었던 일, 그때 우리 사이에 있었던 다툼에 대해서도 잊지 않고 있었다. 하지만 게르트루트에 관한 일은 일체 함구했다. 그는 그녀가 우리 둘 사이로 들어온 날 이후의 일은 언급하고 싶지 않았던 것이며, 그 편이 내게도 좋았다.

나는 그가 술에 흠뻑 취하도록 내버려두었다. 그가 그런 유쾌한 기분에 젖는 순간이 그의 삶에서 그 얼마나 드물며 그가 그런 순간을 그 얼마나 소중히 여기는가를 알고 있던 때문이었다. 물론 그런 기분에 젖기 위해서는 술이 필요했다. 나 또한 그의 이야기에 귀를 기울이고 있자니 마음속이 훈훈해졌고 흥겨운 기분에 젖었다. 그는 아름다운 눈길, 그가 그런 기분에 젖었을 때만 던질 수 있는 그 눈길을 내게 던졌다. 마치 잠에서 막 깨어난 사람의 눈길처럼 아직도 꿈에 취해 있는 듯한 눈길이었다.

제8장

231

그가 말없이 생각에 잠겨 있을 때 나는 나의 신지학자 선생이 고독이라는 병에 대해 해주었던 이야기를 그에게 들려주었다.

"그래?" 그가 호의적인 말투로 말했다. "자네는 그 양반 말을 빌는 것 같군. 자네, 차라리 신학자가 되었으면 좋았을 걸 그랬군."

"무슨 말을 그렇게 하는 거야? 거기엔 분명 뭔가 들을 만한 게 있다고."

"암, 물론이지. 현명한 사람들은 모든 것은 오로지 상상의 산물임을 계속 증명하려 하지. 나도 전에 그런 책들을 읽은 적이 있어. 하지만 내 분명히 말하는데 그런 것들은 다 소용없어. 아무짝에도 쓸모없어. 철학자들의 저술은 모두 유희에 불과해. 아마 그걸로 스스로를 위안하는 거겠지. 어떤 철학자들은 동시대인들을 참아낼 수 없어서 개인주의를 설파하고 또 어떤 이는 외로운 걸 참을 수 없어서 사회주의자가 되는 거야. 우리의 고독감도 병일지 모르지. 하지만 그 병에 대해 해줄 수 있는 처방은 아무것도 없어. 몽유병도 병이야. 그 병에 걸리면 추녀의 홈통을 기어오르기도 하지. 그렇다고 그 녀석에게 병에서 깨어나라고 소리를 지르면 땅에 떨어져 모가지를 부러뜨리게 될 뿐이야."

"하지만 그건 전혀 다른 경우잖아."

"그럴지도 모르지. 굳이 내가 옳다고 고집하진 않겠어. 다만 나는 진리 같은 것으로 해결할 수 있는 건 아무것도 없다고 말하고 싶은 거야. 내가 보기에 이 세상에는 단 두 가지 진리가 있을 뿐 나머지는 전부 헛된 말장난이나 공상에 불과해."

"그 둘이 뭔데?"

"하나는 불교와 기독교에서 말하듯이 이 세계는 악하고 너덜덜다는 거지. 그 경우 금욕하면서 모든 것을 포기해야 해. 그러면서 상대적인 만족감을 얻을 수 있지. 금욕적인 사람은 흔히 생각하듯 그다지 괴롭게 지내지 않아. 다른 하나는 그와 정반대로 세계와 인생은 그 자체 완전하고 올바르다고 생각하는 거야. 그렇게 되면 자신의 운명을 받아들이고 평화롭게 죽을 수 있어. 그것으로 모든 것이 끝이니까……."

"그래, 자네는 어느 쪽을 믿나?"

"그런 질문은 해봐야 소용없어. 많은 사람들이 날씨와 건강에 따라서, 지갑이 두둑하냐 아니냐에 따라서 그 둘 사이를 왔다 갔다 해. 게다가 그중 하나를 진짜로 믿고 있는 사람도 자신의 믿음대로 세상을 살아가지는 않아. 나도 마찬가지야. 예를 들어 내가 부처처럼 삶은 공(空)이라고 믿고 있다고 쳐. 그런데도 나는 내 감각에 와 닿는 것들을 그 무엇보다 중요하게 여기며 살고 있어. 하긴 그렇게 해서 즐거울 수만 있다면 좋겠지만……."

우리가 자리에서 일어났을 때는 아직 별로 깊은 밤이 아니었다. 램프가 하나만 켜져 있는 방을 지날 때 무오트는 내 팔을 붙잡더니 불을 훤하게 밝혔다. 게르트루트의 초상화를 갖다 놓은 방이었다. 그는 게르트루트의 초상화를 덮고 있던 천을 걷었다. 우리는 다시 한번 밝고 사랑스러운 얼굴을 바라보았다. 그런 후 그는 다시 초상화를 덮고 불을 껐다. 그는 내 방까지 따라와서 생각이 있으면 읽으라고 잡지 두어 권을 책상 위에 올려놓았다. 그런 후 악수를 한 뒤에 "잘 자게"라고 나직이 말했다.

나는 침대에 누워서도 반 시간가량 무오트 생각을 하며 잠을 이루지 못했다. 그가 우리 둘 사이에 있었던 사소한 일들까지 세세하게 기억하고 있다는 생각에 나는 감동했으며 부끄럽기도 했다. 그는 우정을 보여주는 데는 서툴렀지만 자신이 사랑하는 사람들에게 내가 생각하는 것 이상으로 애착을 느끼고 있었다.

잠시 후 잠이 든 나는 무오트, 오페라, 로에 선생이 뒤섞인 기묘한 꿈을 꾸었다. 눈을 뜨니 아직 밤중이었다. 꿈과는 아무 상관없이 무엇엔가 경악해서 잠에서 깨어난 것이다. 침침한 사각의 창문이 어슴푸레 밝아 오는 것이 보였다. 나는 뭔가 가슴이 조이는 듯한 불안감을 느꼈다. 나는 침대에서 몸을 일으키고 잠을 몰아내려 했다.

그때였다. 세차게 내 방문을 두드리는 소리가 났다. 나는 튕기듯 침대에서 일어나 문을 열었다. 추운 날씨였다. 나는 미처 불을 켜지도 못했다. 밖에는 아무렇게나 옷을 걸친 하인이 서 있었다. 그는 놀라서 정신이 다 나간 눈으로 불안스럽게 나를 바라보았다.

"얼른 이리 와보세요." 그의 목소리는 공포에 질려 있었다. "끔찍한 일이⋯⋯."

나는 실내복을 걸치고 젊은 하인을 따라 계단을 내려갔다. 그는 문을 열더니 비켜서며 나보고 들어가보라고 했다. 자그마한 등나무 탁자 위에 촛대가 서 있고 굵은 초 세 자루가 타고 있었다. 그 옆에 흐트러진 침대가 놓여 있었고 그 위에 내 친구 무오트가 엎어져 있었다.

"함께 똑바로 눕혀 놓지." 내가 나직이 말했다. 하지만 하인은 가까이 오려 하지 않았다.

"바로 가서 의사를 불러오겠어요." 그가 더듬거리며 말했다.

그러나 나는 그를 내 곁으로 오게 한 후 함께 무오트를 반듯하게 눕혔다. 나는 친구의 얼굴을 바라보았다. 창백한 채 잔뜩

찌푸린 모습이었다. 내의는 피투성이였다. 그의 몸을 바로 눕히며 이불을 덮어주자 그의 입술이 가볍게 실룩거렸다. 하지만 눈에는 아무런 빛도 없었다.

하인이 열심히 이런저런 설명을 했지만 내 귀에는 한마디도 들어오지 않았다. 의사가 도착했을 때 무오트는 이미 죽어 있었다. 아침 일찍 나는 임토르 씨에게 전보를 쳤고 다시 집으로 돌아와 고인의 침대 옆에 앉았다. 밖에서 나무를 스치는 바람 소리를 들으며 나는 그제야 내가 이 불행한 사나이를 얼마나 사랑했는지 깨달았다. 나는 그를 애도할 수 없었다. 그의 죽음은 그의 삶보다 편안했던 것이다.

저녁에 나는 정거장에 나가 임토르 씨가 기차에서 내리는 것을 보았다. 그 뒤를 검은 옷을 입은 키 큰 여인이 따르고 있었다. 나는 두 사람을 고인에게 인도했다. 정장을 한 고인은 어제사 온 꽃들에 둘러싸인 채 관에 누워 있었다. 게르트루트는 몸을 굽혀 그의 창백한 입술에 키스했다.

우리가 무덤 앞에 섰을 때 큰 키에 매력적인 여인 한 명이 눈물로 얼룩진 채 손에 장미꽃을 들고 홀로 서 있는 모습이 보였다. 호기심에 고개를 돌려 자세히 보았더니 로테였다. 그녀가 나를 보고 고개를 까딱하며 미소를 보냈다. 나는 가볍게 웃었다. 게르트루트는 울지 않았다. 그녀는 창백한 얼굴을 꼿꼿이 세운 채 바람에 흩날리는 이슬비를 맞으며 앞쪽을 똑바로 차분하게 바라보고 있었다. 마치 그 무엇으로도 그 뿌리를 흔들 수 없는 젊은 나무처럼 그렇게 꼿꼿하게 서 있었다. 하지만 그것은 오로지 자기방어일 뿐이었다. 이틀 후 그녀 부재 시 집으로 배달된 무오트의 꽃 상자를 열었을 때 그녀는 그 자리에서 그대로 쓰러졌다. 그리고 한동안 우리들 그 누구도 그녀의 모습을 볼 수 없었다.

제8장

제9장

나 역시 한참이 지난 뒤에야 진정으로 슬픔을 실감할 수 있었다. 으레 그렇듯이 세상을 떠난 내 친구 무오트에게 내가 저지른 수많은 부당한 생각과 행동들이 생각났다. 하지만 그에게 보다 큰 잘못을 저지른 것은 그 누구보다 바로 그 자신이었으며 그것은 비단 그의 죽음에 국한되는 것이 아니었다. 나는 오랫동안 그러한 것들에 대해서 곰곰 생각해보았다. 모든 것이 잔인하고 역설적이기만 한 그의 운명에 무언가 모호하고 불가해한 것이 있다는 생각은 들지 않았다. 그리고 나 자신의 일생도, 게르트루트나 다른 모든 사람들의 일생도 마찬가지인 것처럼 여겨졌다. 운명은 친절하지 않고 삶은 변덕스럽고 냉혹하며 자연에는 친절도 이성도 존재하지 않는다. 하지만 그 운명의 손아귀에 놓여 있는 우리 인간존재에게는 선과 의지가 존재하며 비록 잠깐이나마 우리는 자연이나 운명보다 강해질 수 있다. 우리는 그럴 필요가 있을 때 서로 가깝게 다가갈 수 있고 서로 사랑하고 이해할 수 있으며 서로 위로하며 살아갈 수 있다.

그리고 이따금 어둠의 힘들이 약해졌을 때 우리는 그 이상의 것을 할 수 있다. 우리는 순간적으로 신적인 존재가 될 수 있고 우리의 손을 뻗쳐 우리의 의지로 전에 존재하지 않던 것을 창조할 수 있다. 그리고 일단 그것을 창조하고 나면 그것이 우리 없이도 스스로 계속 살아갈 수 있게 할 수 있다. 소리나 단어, 혹은 다른 덧없고 가치 없는 것들로 우리는 놀이를 만들 수 있으며 의미와 위안과 선의에 가득 찬 멜로디와 노래를, 우연이나 운명의 그 요란한 장난보다 더 영원하며 더 아름다운 미덕을 갖추고 있는 그런 멜로디와 노래를 창조할 수 있다. 우리는 우리의 마음속에 신을 품을 수 있으며 이따금 우리가 열정에 가득 차 있을 때 우리가 마음에 품은 그 신의 입을 열게 할 수도 있다. 우리가 품은 그 신은 우리의 눈과 입을 통해 신을 모르는 자들, 혹은 신을 알려고 하지 않는 자들을 향해 말을 건넨다. 우리의 마음이 우리의 삶에서 벗어날 수는 없다. 하지만 우리는 우리의 마음에게 우리의 마음이 우연보다 더 강하다는 것, 우리가 좌절하지 않은 채 우리의 고통을 응시할 수 있다는 것을 가르쳐줄 수는 있다.

그렇게 나는 하인리히 무오트를 묻은 뒤 몇 해 동안 그를 수도 없이 되살려내 그가 살아 있을 때보다 더 지혜롭게, 그리고 더 정겹게 이야기를 나눌 수 있었다. 세월이 흘러 어머니가 병상에 누웠다가 세상을 떠났고 어여쁜 브리기테 타이저도 두 해 동안 마음의 상처를 달랜 후 어느 음악가와 결혼했고 불행히도 첫아이를 낳다가 죽었다.

게르트루트는 고인이 보낸 꽃들을 받았을 때 입은 아픔에서 벗어났다. 나는 그녀를 매일 만나지만 무오트에 대해서는 별로 이야기하지 않는다. 나는 그녀가 그녀의 그 아름다운 봄날을 마치 잃어버린 실낙원처럼 바라보고 있지 않는다고 믿는다. 그녀는 그 봄날을 마치 언젠가 여행하면서 지난 적이 있던 아름다움 골짜기처럼 바라보고 있다. 그녀는 원기와 평온을 되찾고 다시 노래를 부른다. 하지만 고인의 입술에 차가운 키스를 한 뒤로는 그 어느 남자와도 키스를 하지 않았다. 그녀가 건강을 되찾고 그 옛날의 그 진한 향기에 휩싸여 다시 활짝 꽃 피어나는 모습을 보면서 나는 몇 번인가 전에 금지되었던 그 길을 되짚으며 '왜 안 된단 말인가?'라고 자문했다. 하지만 나는 속으로 이미 그 답을 알고 있었다. '내 인생도, 그녀의 인생도 이제 더 이상 변할 수 없다'라는 것이 그 답이었다. 그녀는 나의 친구다. 내가 오랫동안 홀로 흥분한 상태에 있다가 노래나 소나타를 손에 들고 나타나면 그 노래는 무엇보다 우선 우리 둘의 것이 된다.

무오트가 옳았다. 사람은 나이를 먹을수록 젊었을 때보다 느긋해진다. 그렇지만 나는 젊은 시절을 비방하고 싶은 생각은 없다. 내 모든 꿈속에서 청춘의 아름다운 멜로디가 마치 메아리처럼 울려 퍼지기 때문이다. 그 꿈속의 멜로디는 실제의 청춘보다 훨씬 감미롭고 맑고 순수하다.

『게르트루트』를 찾아서

　『아프니까 청춘이다』라는 책이 우리나라 젊은이들의 마음을 사로잡은 적이 있다. 나는 젊은이가 아니기에 그 책을 읽어보지 않았지만 은근히 '어디 아픈 게 청춘뿐인가? 우리 삶 자체가 아프지'라는 생각이 드는 것을 어쩔 수 없다. 게다가 그 제목은 청춘의 아픔을 다 겪고 극복한 후 밖에서 그 아픔을 관조하는 모습을 은근히 떠오르게 한다. 하지만 인생 황혼기의 나조차 아직 젊은이들의 아픔을 관조하기는커녕 내 아픔도 달래기 힘든 처지에 있다. 공자는 60세에 귀가 순해지는 이순(耳順)의 경지에 도달했다지만 나는 공자가 아니기에 아직도 여기저기 혹하는 게 많다. 공자가 40세에 이르렀다는 불혹(不惑)에도 이르지 못한 셈이다. 그러니 나도 그 아픔을 밖에서 조용히 바라보고 '젊을 때는 아프기 마련이야'라며 빙그레 미소 지을 수 있다면 좋겠다. 아마 그런 경지에서 헤르만 헤세의 『게르트루트』를 읽었다면 이 소설의 화자인 쿤과 주인공들인 무오트와 게르트루트의 모습들을 보고 그저 아련한 회한에 젖었을지도 모른다. 그런데 나는 이 작품을 다시 읽으면서 가슴이 두근거렸고, 깊은 생각에 잠기기도 했다.

왜일까? 내가 아직 정신적으로 성숙하지 못해서일까? 이 책의 주인공들이 앓고 있는 병을 아직 나도 앓고 있고 그들이 찾고자 하는 답을 아직 찾지 못하고 있는 걸 보면 나는 아직 어린 모양이다. 하지만 과감히 말한다면 그 병에서 완전히 벗어나 답을 찾아내는 사람은 그리 많지 않다. 그런 사람은 초인이고 성자인 때문이다. 평범한 사람은 그 병을 죽을 때까지 앓는다. 물론 그 병은 육신의 병이 아니라 마음의 병이다.

사람이 앓을 수 있는 마음의 병의 내용을 꼽아보면 한없이 많을 것이다. 불안, 분노, 고통, 욕망 등등. 심지어 희로애락, 생로병사 자체를 인간이 앓을 수밖에 없는 병으로 간주하는 경우도 있다. 그러나 『게르트루트』라는 작품을 지배하고 있는 대표적인 병을 하나 꼽으라면 바로 고독이라고 할 수 있다. 어찌 보면 나는 그 병에서는 어느 정도 벗어나 있는지도 모른다. 이 소설의 주인공들처럼 뼈저린 고독을 느끼는 일은 거의 없으니까. 하지만 그렇다고 안도하기는 이르다. 고독은 병인 동시에 인간이기에 앓을 수밖에 없는 온갖 병, 온갖 고뇌에 대한 깊은 성찰을 가능하게 해주는 역할을 맡고 있기 때문이다. 내가 전처럼 고독을 느끼지 못한다는 것은 실은 삶에 대한 깊은 성찰을 포기했음을 뜻할지도 모른다. 만일 그렇다면 『아프니까 청춘이다』라는 제목은 좋은 제목인지도 모른다. 젊음의 속성이 삶의 의미에 대한 근원적 질문에 있다는 뜻이라면, 그래서 젊음은 아플 수밖에 없다는 뜻이라면……. 그렇다면 젊은이들에게 아파할 의무가 있고 권리가 있다고 점잖게 이야기해주는 것도 나쁘지 않다.

현대인은 고독하다고 흔히들 말한다. 군중 속의 고독이고 익명의 고독이다. 그 고독은 홀로 자신 안에 침잠하는 고독이 아니라 남들과 어울리면서 느끼는 고독이다. 남들과 어울리면서도 자신이 혼자인 것같이 느껴지는 고독이다. 그 누구와도 깊이 맺어져 있지 않고 홀로 외톨이인 것처럼 느껴지는 고독이다. 내가 그냥 수많은 사람 중의 의미 없는 하나로 존재하는 데서 오는 고독이다. 그 고독은 자신의 아이덴티티를 잃는 데서 오는 고독이며 삶의 의미를 잃는 데서 오는 고독이기

게르트루트

244

도 하다.

인간인 한 그 누구도 그 고독을 견딜 수 없다. 남들을 향하여 두 손을, 마음을 내밀게 되어 있는 것이 인간존재이며 누구나 자신의 삶의 의미를 찾고 싶어 하기 때문이다. 그래서 남들과 다시 어울리고 남들과 휩쓸린다. 남들을 따라 하고 남들과 같아지려 한다. 고독하기에 역설적으로 홀로인 것을 견디지 못한다. 그러니 성찰의 시간이 없다. 사는 게 무엇인지, 내 삶의 의미가 무엇인지, 진정한 사랑이 무엇인지, 사람들 간의 신의는 무엇인지, 정의로운 사회는 어떤 것인지, 어느 것이 옳고 그른지 성찰할 시간도 없고 고민할 새도 없이 그냥 세상사에 휩쓸린다. 그리고 그렇게 휩쓸린 가운데 그야말로 동물처럼 자신의 욕망을 실현하고 배설한다. 그러면서 인간이 존재하는 한 결코 사라질 수 없는 질문을 던지지 않고 살아가게 된다. 좀 더 거창하게 말하면 '인간적인 가치'가 사라진 삶을 살게 된다. 공자는 그런 사람들을 소인이라 불렀고 많은 사람들이 '속물'이라고 불렀다. 그 소인들, 속물들은 고독이 두려워 남들과 어울리고 남들을 따라 한다. 그리고 그럴수록 더욱 고독해진다. 그러나 그런 고독한 삶에는 역설적이게도 고독이 존재하지 않는다.

군중 속의 고독은 남들에게 휩쓸리면서 자신은 잃어버리는 고독이다. 그런데 그와는 다른 고독이 있다. 자신에게 침잠하면서 자신이 남들과 다르다는 것을 발견하는 고독이다. 이 소설의 화자가 어릴 적부터 느끼는 고독이 바로 그러한 고독이다.

> 나는 그와는 다른 사람이었다. 나도 그처럼 고독하게 지내고 있었고 다른 사람들에게 제대로 이해받지 못하는 사람이었다. 나도 그처럼 운명적으로, 또한 나의 재능으로 인해 다른 사람들에게는 이방인이었다. 하지만 나는 그런 삶에서 빠져나오고 싶지 않았다. (……) 나는 그저 내가 하고자 하는 일을 묵묵히 해내고 싶을 뿐이었다. (53쪽)

그 고독은 애초에는 남들과 관계를 끊고 자기 자신의 껍질에 갇히는 것과 같다. 신지학자인 로에 선생은 이 책의 화자에게 다음과 같이 말한다.

> "자네는 유행병에 걸린 거야. 지식인들 사이에 만연해 있는 병이지. (……) 그게 자네에게도 스며든 거야. 나는 고립되어 있다, 아무도 나와 상관이 없다, 아무도 나를 이해

하지 못한다, 뭐, 이런 생각을 자네는 하고 있을 거야. 그렇지 않은가?"(160쪽)

하지만 그의 고독은 그를 그 상태에 머물러 있게 하지 않는다. 그는 고독 속에서 자신의 고통을 껴안는다.

어느 날 저녁 나는 새로운 곡을 타이저에게 보여준 후 새로운 힘이 치솟는 것을 느끼며 집으로 돌아오고 있었다. 하지만 마치 가면 뒤에서 번득이는 눈처럼 지난날들의 절망적이고 공허한 시선이 여전히 나를 응시하고 있었다. 순간 가슴이 욕망으로 가득 차 더 강하게 고동치기 시작했다. 나는 내가 왜 그 고통에서 벗어나려고 그토록 애를 썼는지 이해할 수가 없었다. 게르트루트의 이미지가 뿌연 먼지들 위로 빛을 발하며 또렷이 모습을 드러냈다. 나는 아무 두려움 없이 그녀의 맑은 눈을 새롭게 바라보았으며 모든 고통을 향해 내 가슴을 활짝 열었다. 아, 그렇다! 그녀로부터, 내 진정한 삶으로부터 멀어져 유령들이 득실거리는 어두운 길을 어슬렁거리는 것보다 그녀로 인한, 혹은 내 진정한 삶으로 인한 고통을 받아들이는 것이, 그 가시를 한층 더 깊이 상처 속으로 밀어 넣는 것이 훨씬 나은 일이었다!

거대한 너도밤나무 위로 흑청색의 하늘이 펼쳐져 있었고 그 하늘에 별들이 총총히 박혀 이 넓은 세계를 향해 반짝이는 금빛을 무심한 듯 퍼뜨리고 있었다. 그 모든 것이 기쁨을 주는 것이건 슬픔을 주는 것이건 모두 생명이라는 거대한 흐름에 자신을 맡기고 있었다. 하루살이는 마치 취한 듯 죽음을 향해 뛰어든다. 하지만 모든 생명은 아름답게 반짝인다. 나는 한순간 하루살이에 시선을 집중한다. 나는 이해하고 인정했다. 나는 그렇게 내 삶과 내 고통도 이해했다. (170~171쪽)

하루살이 삶과 같은 내 삶과 고통을 이해한다는 것은 무엇을 의미할까? 껍질 속에 갇힌 나만의 삶을 사랑하게 되었음을 의미할까? 아니다. 모든 삶 자체를 이해하고 손을 내밀고 껴안게 되었음을 의미한다.

그리하여 드디어 다음과 같은 구절이 나온다. 그 고독이 갖다줄 수 있는 최상의 열매에 대한 성찰이다.

운명은 친절하지 않고 삶은 변덕스럽고 냉혹하며 자연에
는 친절도 이성도 존재하지 않는다. 하지만 그 운명의 손
아귀에 놓여 있는 우리 인간존재에게는 선과 의지가 존
재하며 비록 잠깐이나마 우리는 자연이나 운명보다 강해
질 수 있다. 우리는 그럴 필요가 있을 때 서로 가깝게 나
가갈 수 있고 서로 사랑하고 이해할 수 있으며 서로 위로
하며 살아갈 수 있다.

그리고 이따금 어둠의 힘들이 약해졌을 때 우리는 그 이
상의 것을 할 수 있다. 우리는 순간적으로 신적인 존재가
될 수 있고 우리의 손을 뻗쳐 우리의 의지로 전에 존재하
지 않던 것을 창조할 수 있다. 그리고 일단 그것을 창조하
고 나면 그것이 우리 없이도 스스로 계속 살아갈 수 있게
할 수 있다. 소리나 단어, 혹은 다른 덧없고 가치 없는 것
들로 우리는 놀이를 만들 수 있으며 의미와 위안과 선의
에 가득 찬 멜로디와 노래를, 우연이나 운명의 그 요란한
장난보다 더 영원하며 더 아름다운 미덕을 갖추고 있는
그런 멜로디와 노래를 창조할 수 있다. 우리는 우리의 마
음속에 신을 품을 수 있으며 이따금 우리가 열정에 가득
차 있을 때 우리가 마음에 품은 그 신의 입을 열게 할 수

도 있다. 우리가 품은 그 신은 우리의 눈과 입을 통해 신을 모르는 자들, 혹은 신을 알려고 하지 않는 자들을 향해 말을 건넨다. 우리의 마음이 우리의 삶에서 벗어날 수는 없다. 하지만 우리는 우리의 마음에게 우리의 마음이 우연보다 더 강하다는 것, 우리가 좌절하지 않은 채 우리의 고통을 응시할 수 있다는 것을 가르쳐줄 수는 있다. (238~240쪽)

그리고 다음과 같은 마지막 맺음말.

무오트가 옳았다. 사람은 나이를 먹을수록 젊었을 때보다 느긋해진다. 그렇지만 나는 젊은 시절을 비방하고 싶은 생각은 없다. 내 모든 꿈속에서 청춘의 아름다운 멜로디가 마치 메아리처럼 울려 퍼지기 때문이다. 그 꿈속의 멜로디는 실제의 청춘보다 훨씬 감미롭고 맑고 순수하다. (241쪽)

아프니까 청춘인 것은 맞다. 하지만 아픔을 그냥 아픔으로 겪는 것은 의미가 없다. 그 아픔을 껴안고 꿈속에 간직해야 그 아픔이 내 것이 된다. 그리고 그 아픔을 내 것으로 해야 내 삶이 나의 것이 된다. 인간은 고독하고 아플 수밖에 없는 존재이다. 인간은 비극적인 존재이다. 인간은 인간의 의지와 상관없는 운명의 물결에 휩쓸리는 존재이며 인간이 궁극적으로 추구하는 것을 결코 실현할 수 없는 존재이다. 게다가 죽을 수밖에 없는 인간의 운명 자체에 대해 고뇌한다면 성말로 넝원히 아프고 비극적일 수밖에 없다. 그런데도 인간은 그 비극과 아픔을 껴안고 자신의 삶을 만들어가야 한다. 의미 있는 삶을 살아야 한다.

그렇다면 어떻게 그 아픔을 껴안고 그 아픔을 우리의 꿈속에 간직할 수 있을까? 정답은 없다. 각자 외롭게 찾는 수밖에 없다. 도움의 손길도 그런 정답 없는 질문을 외롭게 던질 때 주어지지 남들과 함께 어울려 정답만 찾으려 할 때는 주어지지 않는다. 우리는 앞으로 『게르트루트』를 필두로 헤세의 여러 작품들을 읽으면서 그런 의미에서의 교양소설(Bildungsroman)들의 세계에 빠져들게 될 것이며, 외롭게 존재의 의미를 찾는 주인공들과 함께 호흡하게 될 것이다.

교양소설이라는 단어에서의 빌둥(Bildung)이라는 말의 뜻은 이미지를 만든다는 뜻이다. 교양소설은 어린아이가 성장하여 교양을 갖추고 어른이 되는 과정을 그린다는 단순한 뜻을 담고 있지 않다. 교양소설에서의 성장은 자신만의 이미지를 구축해 나가는 것을 뜻한다. 그 이미지는 우리가 흔히 누구의 이미지는 어떻다 할 때의 겉모습을 뜻하지 않는다. 따라서 이미지를 구축한다는 것이 겉모습을 가꾸어 간다는 것을 뜻하지 않는다. 자기만의 의미를 지닌 존재로서 하나의 인격체를 형성해 나가는 것, 그것이 바로 이미지 구축의 의미이다. 그렇게 자기만의 독특한 이미지를 형성해 나가야만 비로소 의미 있는 존재로서 이 세상에서 남들과 어울려 조화롭게 지낼 수 있다.

그러고 보니 재미있는 예가 하나 있다. 프랑스어에서 '고독'은 solitude이고 '고독한'이라는 형용사는 solitaire이다. 그런데 타인과의 연대를 의미하는 단어는 solidarité이고 형용사는 solidaire이다. '고독'과 '연대'를 의미하는 형용사 사이에 t와 d의 차이밖에 없다. 진정한 연대감은 남들과 어울려 휩쓸릴 때 생기는 게 아니라, 고독에 침잠했을 때 생기는 것임을 그 두 단어가 보여주는 것 같다. 고독은 나를 타인과 멀어지게 하는 게 아니라, 고독 속에서 타인들과 연대감을 맺을 수 있다는 것을 알려주는 것 같다. 그러니 고독이 두려워 밖으로 뛰쳐나가 더 절망적인 고독을 맛보기보다는 고독이라는 아픔을 껴안아 내 것으로 만드는 것이 더 생산적이지 않겠는가? 기꺼이 그 길로 가기를 원하는 사람이라면 헤세의 작품에 푹 빠져보는 것이 아주 좋은 방법이리라.

헤르만 헤세(Hermann Hesse, 1877~1962)는 내가 젊은 시절, 우리 또래들이 가장 좋아하는 작가들 중의 한 명이었다. 특히 『데미안』은 문학에 취미를 가졌건 안 가졌건 젊은이들이 일종의 통과제의처럼 즐겨 읽었던 작품 중의 하나였다. 나는 그의 작품들이 우리들에게 인기가 있었던 것을 특별한 시대 상황의 탓으로 돌리고 싶지 않다. 그의 작품들이 던지는 질문과 감동은 시대를 초월해서 언제나 유효하다고 믿기 때문이다.

헤르만 헤세는 1877년 7월 2일 남독일 산골의 작은 도시 칼프에서 태어났다. 그가 평생 사랑한 그의 고향은 작은 도시였지만 헤세는 넓은 세계에서 산 셈이었다. 그의 아버지 요하네스 헤세는 북독일계 러시아인으로서 인도에서 선교 활동을 한 선교사였으며, 어머니 마리도 역시 선교사의 딸로서 인도에서 태어났다. 또한 헤세는 칼프에서 신교에 관한 서적 출판 일을 하고 있던 외조부로부터 많은 영향을 받았다.

헤세는 열세 살에 괴핑엔에 있는 라틴어 학교를 거쳐 열네 살에 신학교에 입학했으며 열여덟 살이 되던 해에 대학 도시

튀빙겐의 어느 서점에서 견습 사원으로 일하게 된다. 그리고 괴테에 심취하여 시작(詩作)에 몰두해 1899년 첫 시집 『낭만적인 노래』를 자비 출판하고 이어서 두 번째 시집 『자정 이후의 한 시간』을 출간했지만 반응은 별로 좋지 않았다.

이후 소설 창작으로 방향을 전환한 그는 1906년 『수레바퀴 아래서』를, 1910년에는 『게르트루트』를 발표하여 소설가로서의 명성을 얻었다. 이후 제1차 세계대전이 일어나기까지 시와 소설들을 계속 발표했으며 1919년 그에게 불후의 명성을 안겨준 『데미안』을 발표한다. 제2차 세계대전 발발 전까지 그는 『싯다르타』『황야의 늑대』『나르치스와 골드문트』 등 중요 작품들을 발표하며 마치 나치즘에 맞서듯 유토피아 이야기인 『유리알 유희』의 집필을 시작했다. 히틀러 정권과 거의 비슷한 시기에 시작된 그 작품은 그가 57세이던 1934년 서장을 발표한 이래 10년이 지난 1943년 제2권 발간으로 완료되었으며 헤세는 그 작품으로 세계대전 이후 첫 번째 노벨 문학상을 수상한다.

이후 그는 속세를 벗어나 조용히 풍요로운 삶을 살다가 1962년 8월 9일 85세를 일기로 세상을 떠났다. 그는, 자신의 작품들은 '본래 소설이 아니라 영혼의 전기'라는 그의 말처럼 길 잃고 헤매는 현대인의 영혼에 길잡이가 되는 작품들을 남겼다. 그

의 작품이 전 세계에서 여전히 수많은 사람들의 사랑을 받고 있
다는 사실은 현대인이 길을 잃고 헤매고 있다는 증거이기도 하지
만 인간은 영원히 영혼의 갈증을 느낀다는 증거이기도 하다.

게르트루트

생각하는 힘: 진형준 교수의 세계문학컬렉션 80

펴낸날	초판 1쇄 2022년 10월 20일

지은이	헤르만 헤세
옮긴이	진형준
펴낸이	심만수
펴낸곳	(주)살림출판사
출판등록	1989년 11월 1일 제9-210호

주소	경기도 파주시 광인사길 30
전화	031-955-1350 팩스 031-624-1356
홈페이지	http://www.sallimbooks.com
이메일	book@sallimbooks.com

ISBN	978-89-522-4692-9 04800
	978-89-522-3984-6 04800 (세트)